Tomates

DE LA MÊME AUTRICE

Chez le même éditeur

CHAUSSURE, 1997
JEANNE DARC, 1998
DÉBUT, 1999
MORTINSTEINCK, 1999
SAINT-TROPEZ – *UNE AMÉRICAINE*, 2001
LES QUASI-MONTÉNÉGRINS, 2003
FORMAGE, 2003
ANTONIA BELLIVETTI, 2004
CAVALE, 2006
GRAND ENSEMBLE, 2008
TOMATES, 2010
CRÂNE CHAUD, 2012
DESCENTE DE MÉDIUMS, 2014
QUE FAIRE DES CLASSES MOYENNES ?, 2016
UN ŒIL EN MOINS, 2018
LES ENFANTS VONT BIEN, 2019
LA CAVALIÈRE, 2021

Chez d'autres éditeurs

REMARQUES, Cheyne éditeur, 1997
UNE OREILLE DE CHIEN, éd. du Chemin de fer, 2007
UN EMBARRAS DE PENSÉE, Argol, 2008
LES ANNÉES 10, La Fabrique, 2014
ULTRA-PROUST, La Fabrique, 2018
UN HAMSTER À L'ÉCOLE, La Fabrique, 2021

Nathalie Quintane

Tomates

P.O.L
33, rue Saint-André-des-Arts, Paris 6e

ISBN : 978-2-8180-5661-5
www.pol-editeur.com

Penchée sur mes plants de tomates, désherbant délicatement tout autour et sectionnant les feuilles basses pour ne garder que la tête, je me suis vue travaillant ce faisant comme à **Tarnac**, la culture

---

Tarnac, *commune française située dans le département de la Corrèze, 331 hab.* : bon début, la définition que donne le dictionnaire d'une commune française. Conserver le début dans son bon le plus longtemps possible (un rêve français – villes fleuries, force tranquille), c'est chasser l'accident politique, i.e. définir le politique comme accident.

Maintenant, l'accident selon wikipedia : le 11 novembre 2008, plusieurs membres d'une communauté autonome basée à Tarnac, dont Julien Coupat, fondateur de la revue *Tiqqun*, de tomates dans une zone très limitée de mon jardin en étant l'une des plus visibles figures, un extrait ou un renvoi. Car je sais, par expérience, être un cobaye assez bon, et réagir, de près de loin, comme tout le monde, dans le milieu numériquement faible auquel j'appartiens.

Aussi ai-je vu (vision) des écrivains, des poètes, des professeurs, sinon maniant la binette, du moins pensant quitter la ville, ou profiter davantage de leur résidence secondaire, ou, pour les plus conséquents,

---

ont été arrêtés dans le cadre d'une enquête sur des sabotages visant le réseau SNCF, puis mis en examen et placés en détention provisoire le 15 novembre 2008 sous des chefs d'inculpation relevant de la législation antiterroriste. En réaction, un Comité de soutien aux inculpés de Tarnac a été créé par des habitants de Tarnac et des environs, demandant leur libération immédiate. La défense pose également la question de la pertinence de l'application des lois antiterroristes et du montage médiatico-policier de ces inculpations.

reprendre enfin **Blanqui** là où ils l'avaient laissé en 1975, ou prendre tout court Blanqui dont ils avaient oublié l'existence, ignoré l'existence, saboté par leur ignorance l'existence, puisque je venais moi-même cette année-là (2008) de lire **Blanqui** pour la première fois, et je m'y étais mise, le trouvant pratique et peu lyrique, plus pratique et moins lyrique en tout cas que ceux qui l'avaient lu et, couplant cette lecture aux arrestations opérées au village de Tarnac,

---

Blanqui (Louis Auguste), *Puget-Téniers 1805 – Paris 1881*, théoricien socialiste et homme politique français. Frère d'Adolphe Blanqui, affilié au carbonarisme (1824), chef de l'opposition républicaine puis socialiste après 1830, il fut un des dirigeants des manifestations ouvrières de fév. à mai 1848 et joua un rôle important lors de la Commune. Ses idées, qui lui valurent de passer 36 années en prison, inspirèrent le syndicalisme révolutionnaire de la fin du siècle (*blanquisme*) (Petit Larousse, 2003).

Auguste Blanqui, *Maintenant, il faut des armes*, textes choisis et présentés par Dominique Le Nuz (La Fabrique éd., 2006).

en tiraient un effet décuplé, ou comptaient en tirer un effet décuplé, ou s'en servaient comme d'un trampoline pour reproduire ce qui venait brutalement de les saisir : non Tarnac non Blanqui, mais le décuplement, l'effet que ça leur avait fait par le passé – ou qu'ils n'avaient jamais connu, étant trop jeunes en 1975 – et que ça pouvait potentiellement leur refaire (Sollers chantant *L'Internationale* dans le bus qui les emmène en Chine).

Ce n'est pas parce que nous avons quarante-cinq ans ou cinquante-cinq ans ou soixante-cinq ans que nous ne voulons plus vivre une vie intense ou que nous ne voulons plus écrire des textes intenses. Ou les lire; j'achetai, en 2008-2009 surtout, un nombre considérable de livres politiques historiques, tentant peut-être de compenser

---

Sollers dans le bus, in Roland Barthes, *Carnets du voyage en Chine* (Christian Bourgois/IMEC, 2009).

ma minorité numérique en la bardant de ces livres, les livres de littérature n'ayant pas suffi, *Princesse de Clèves* épiphénomène ne changeant rien à la nature spectrale, diminuante, disparaissante, de tous les romans et de l'efficace littéraire en général, minorité de tous les côtés, minorité parce que je lis des livres, minorité parce que c'est de la littérature, minorité parce que lisant

---

Princesse de Clèves (La), roman de Mme de La Fayette (1678). La princesse de Clèves résiste à l'amour qu'elle éprouve pour le duc de Nemours par fidélité à son mari, qu'elle estime. Après la mort de celui-ci, elle entre au couvent (Petit Larousse, 2003).

En février 2006, à Lyon, le futur candidat Nicolas Sarkozy déclare à des fonctionnaires : « L'autre jour, je m'amusais, on s'amuse comme on peut, à regarder le programme du concours d'attaché d'administration. Un sadique ou un imbécile, choisissez, avait mis dans le programme d'interroger les concurrents sur *La Princesse de Clèves*. Je ne sais pas si cela vous est souvent arrivé de demander à la guichetière ce qu'elle pensait de *La Princesse de Clèves*… Imaginez un peu le spectacle! »

des livres et en écrivant je suis tout de même née d'employés, eux-mêmes nés d'ouvriers, minorité parce que, bien que mesurant un mètre quatre-vingts, je suis une femme, et que j'ai de grands pieds, minorité parce que j'habite à la campagne, et que la campagne est une chose bizarre, comme l'a bien suggéré Benjamin de Tarnac en décrivant les flics de la police scientifique s'égaillant tout heureux dans les champs et visitant le poulailler et disant que la campagne c'est pas mal et décidant peut-être au retour de planter des tomates.

J'avais prévu d'acheter les graines à Kokopelli – de tomates. Ils vivent dans le Gard – pour ce déjà peut-être sur la liste des départements d'opposition, Corrèze

Kokopelli, http://www.kokopelli.asso.fr/

Qui sommes-nous : Kokopelli à Alès, dans le Gard, c'est une équipe de militants qui œuvrent avec un très grand dynamisme et un dévouement total pour la cause de la biodiversité et des Semences de Vie [...].

ou Alpes de Haute-Provence –, vendent et cultivent des plantes oubliées, des semences, diffusent la **recette interdite** du purin d'orties, que je tiens de mon père : Tu ramasses des orties (avec des gants), tu les coupes en gros morceaux et de suite tu les haches – Je les mets dans un bol et je coupe aux ciseaux? – Non non, malheureuse, ça va te prendre un temps fou, tu les haches grossièrement et tu peux mélanger aussi, tu mets un peu de pissenlits, de plantains que tu as dans ton jardin… – Ah ça le plantain je sais ce que c'est, y a une copine

---

Recette interdite : en France, il est interdit de vendre, de diffuser la recette des purins biologiques. La loi d'orientation agricole nécessite un *certificat de conformité produit* pour ces recettes. La *certification de conformité produit* (CCP) a été créée par la loi du 30 décembre 1988 et mise en application par le décret du 25 septembre 1990. Avec la mise en œuvre de la loi d'orientation agricole, la Certification de Conformité Produit est devenue, depuis le 1er janvier 2007, une démarche à part entière : la Démarche de Certification de Conformité Produit (CCP).

qui m'a montré – … des renoncules ou de la consoude – De la quoi? – De la consoude… la consoude, quoi, que tu as dans ton jardin – Mais je sais pas si j'en ai dans mon jardin, moi, de la consoude – Bon, de toute façon, les orties ça suffit, et alors tu les prends sans graines hein, ensuite tu les mets dans une citerne là, pour recueillir l'eau de pluie comme j'ai – Les grands machins en plastique bleu? – Oui, que j'ai mis au fond du jardin, près de la cabane à outils – Mais tu les as trouvés où? – Ouh là, je sais plus, ça fait longtemps que je les ai, et là-dessus, tu attends que la pluie tombe, il faut bien 200 litres… – Deux cents litres!! – Non mais ça va vite, et alors là le plus pratique, c'est qu'il y ait un petit robinet à la base de la citerne, tu vois, et comme ça tu as plus qu'à l'ouvrir et hop là, pour verser ton purin – Mais comment je le mets, moi, le robinet? – Ah mais faut qu'il y soit déjà, le robinet, quand tu la prends, la citerne, tu vas pas t'embêter à mettre un robinet

– Donc je prends une citerne avec un robinet? – Voilà. Et tu laisses macérer, bien sûr, longtemps, tu verras ça va puer, et alors tu soutires ton purin, mais tu remues pas avant, hein, parce que ça risque de boucher le robinet – Et comment je fais si le robinet se bouche? – Alors, c'est très simple : tu prends un morceau de tuyau d'arrosage de la taille du robinet, tu souffles de toutes tes forces en même temps que tu ouvres le robinet et la pression de l'air va faire reculer les morceaux qui bouchent – Ah ben oui c'est simple – Et donc tu verses le purin au pied de tes plants, mais sans toucher les feuilles surtout, parce que ça risque de les cramer, malheureuse – Oui oui, tu me l'avais expliqué la dernière fois – Tu verras, tu auras pas de maladies, et puis il y a de l'acide formique, des sels minéraux, c'est très bon tout ça – Et c'est que pour les tomates? – Ah non non, c'est bon pour les céleris aussi, ça pousse comme des champignons, et les courgettes aussi, mais faut pas arroser trop parce que sinon ça les gonfle.

Les graines de ces plantes anciennes, de ces tomates peu courantes, ou de ces radis gros et noirs qui ne ressemblaient pas à des radis de dix-huit jours, étaient sans doute plus délicates que les autres à semer et à faire grandir; je n'étais qu'une débutante minoritaire et me demandais ce qui, des débuts ou de la minorité, nuirait le plus à la bonne pousse, quand on est si déçu de ne rien voir percer ou d'obtenir en deux jours une tige cuite et jaune. Mais la crainte de n'obtenir qu'une tige cuite et jaune ou de ne rien voir percer justifiait-elle l'abandon de Kokopelli? Si je voulais, au moins dans ce domaine, opérer non pas une conversion mais, disons, coupler plus étroitement une intention en forme de phrase et une intention en forme de vie, je devais commander à Kokopelli – et je me suis vue plusieurs fois cherchant leur numéro de téléphone sur internet, décrocher l'appareil et dire : Bonjour, vous n'auriez pas par hasard des graines de tomates faciles? parce que je débute et je sais pas si je vais y arriver.

La perspective de ne rien voir venir, ou du rachitique, l'a emporté : je n'ai pas acheté de graines à Kokopelli mais des plants à Jardiland, ménageant ainsi une transition entre une vie sans tomates personnelles et une vie avec tomates rares. Je sais bien que ce type de précision amuse, pourtant le mot Tomate ne doit pas l'emporter sur les autres et leur gravité. Transposé, le problème du choix entre une graine non industrielle et un plan issu d'une graine industrielle équivaut au dilemme du militant se demandant s'il reste au Parti socialiste par fidélité pour un passé doux ou s'il le quitte, et cela le violente.

*

Le fait est que nous avions été affectés par l'emprisonnement, arbitraire, d'un homme jeune à idées. Au début, ceux qui l'avaient défendu étaient ceux qui l'avaient connu ou ceux qui connaissaient ceux qui l'avaient connu. C'étaient des philosophes, ces philosophes s'étaient présentés en premier, et peut-être ne voyions-nous pas ce que nous serions venus faire en second, ou alors attendions-nous d'en savoir un peu plus sur la fabrication et le fonctionnement des fers à béton. Les premiers mois, les non-photos des incarcérés, puis de l'incarcéré, allèrent de soi. Ils tenaient à l'anonymat, nous tenions à ce qu'ils tiennent, et étions par ailleurs familiarisés avec ce type de position dans la littérature, grâce à **Maurice Blanchot**.

Blanchot (Maurice), *Quain, Saône-et-Loire, 1907,* écrivain français. Son œuvre romanesque et critique (*L'Espace littéraire*, *Le Livre à venir*) relie la création littéraire à l'expérience de l'absence et de la mort (Petit Larousse, 2003).

Il faut savoir qu'à la fin des années 1970, quand j'étais adolescente, aucune photographie de Lautréamont n'avait encore été publiée : le chapelet de photomatons qui ceinturait la collection de poche/poésie chez Gallimard était occupé par ceux qui en avaient imaginé la tête. Lautréamont tint jusque dans les années 1980, puis, las, lâcha l'affaire et l'offrit, sa tête, une tête de frisé, très brun, avec deux billes noires à la place des yeux, une tête de Portugais, de Tos comme on disait à l'école, pour moi

---

C'est Jean-Jacques Lefrère qui aurait retrouvé, dans l'album de la famille de Georges Dazet, ami d'enfance d'Isidore Ducasse, la première photo connue de l'écrivain. Elle est publiée d'abord dans *Visage de Lautréamont* en 1977, puis sera reprise en couverture de l'édition poésie/poche chez Gallimard.

Pour en savoir plus sur la « disparition » du corps Lautréamont, voir le premier chapitre et l'iconographie de la présentation de Bernard Marcadé (*Isidore Ducasse*, « Poètes d'aujourd'hui », Seghers, 2002).

Lautréamont avait la tête d'un Tos, mais c'est pas comme ça qu'on disait au lycée où j'entrai par la suite, et encore moins dans les prépas d'après – mais là maintenant je peux le dire : un Tos.

Il y eut le même phénomène pour Michaux, qui avait décidé tout seul de ne pas montrer sa tête. Les poches Gallimard s'en sortirent comme ils purent, en attendant que le vieux clamse ou cède ; enfin nous l'obtînmes : un chauve, un peu plus rond que **Max Schreck**. Évidemment, depuis (depuis que Lautréamont et Michaux ont donné leur chef), on ne peut plus guère faire sa pimbêche quand on écrit et qu'on vous demande une photo.

Dès le mois d'avril, nous n'y tînmes plus, et nous ne sûmes que nous ne tenions plus non par nous-mêmes mais par le journal

---

Max Schreck : le premier Nosferatu, dans le film de Murnau (1922).

Libération, qui publia en une la première photo de Julien Coupat (il n'était auparavant qu'une couverture beige penchée sur une voiture et encadrée par deux flics, tel un elephant man embarqué pour deal de shit). Petite, en noir et blanc, mais avec un certain élan – photo vraisemblablement prise dans la rue, lors d'une manifestation? fournie par qui? Un homme jeune, à lunettes, aux sourcils bien dessinés et avec un peu de joues. Ni mieux ni moins bien que Lautréamont, Michaux et Maurice Blanchot (dont on avait depuis les années 1970 de ma jeunesse abondamment répandu les photos, de celles en particulier où il est jeune et d'extrême droite). En mai, S. me montra sur l'ordinateur une autre photo, en couleur cette fois, assez pixélisée, un peu aplatie, qu'il me demanda de comparer avec un arrêt sur image du film de Pierre Carles et Georges Minangoy sur Action Directe, *Ni vieux ni traîtres.*

Libération du 16 avril 2009.

C'est la première parisienne du film, qui vient d'être projeté. Au pied de l'écran, la table rectangulaire des invités. Les réalisateurs, dont Carles, tassé. Des échanges, vifs, un homme debout dit que le sang a été versé, oui, le sang a été versé, se fait siffler, mouvements dans la salle, comble, plan sur deux hommes, jeunes, debout contre un mur, lunettes, sourcils dessinés, implantation identique des cheveux, c'est lui, ça ne fait pas de doute, on sent qu'il dirait bien quelque chose mais il ne dit rien.

C'est la deuxième fois que je vois ce plan, que je n'avais bien sûr pas remarqué la première, dans les conditions d'une projection normale, sans retour, à Forcalquier, lors d'une journée organisée par le Comité de Sabotage de l'Antiterrorisme. J'en étais

---

Forcalquier, commune française, située à sept cent quarante-sept kilomètres au sud-est de Paris dans le département des Alpes-de-Haute-Provence, 4654 hab.

sortie secouée, de ce film, ou plutôt de quelques passages filmés et surlignés en jaune d'une lettre de Rouillan, où il expliquait qu'ils avaient échoué et que, par-dessus le marché, ils avaient été incapables de transmettre ce que leurs aînés leur avaient, à eux, transmis : le savoir et la conscience d'une continuité historique et politique. D'une certaine manière, les gens de ma génération – et encore plus, comme je le vérifiai cette même après-midi, les jeunes des années 2000 – pensaient plus ou moins que Rouillan s'était énervé, et que voilà, son énervement avait finalement produit ce dont on se souvenait, ce dont je me souvenais, mon seul souvenir de cette histoire : un plan aérien de la ferme enneigée où les membres du groupe s'étaient cachés avant d'être pris par la police. Que Rouillan vînt de l'antifranquisme, c'était une information qui avait peu filtré. Cela seul aurait pourtant suffi à me faire comprendre son énervement, en particulier depuis mon voyage à Majorque.

En 2005, j'avais été invitée à Palma par un festival de poésie. Comme pour tous les festivals, il y avait une contrepartie, mais contrairement à la plupart des festivals auxquels j'avais jusqu'ici participé, cette contrepartie n'était pas « intégrée » (par son nom et sa présence, quelles que soient par ailleurs la qualité ou la pertinence du festival, on accorde une caution égale, c'est-à-dire entière, puisqu'on ne peut faire état publiquement de réserves sérieuses – à moins d'être un cracheur de soupe©, ce qui vous

Cracheur de soupe©, titre d'un texte de Stéphane Bérard publié sous le pseudonyme Nathalie Quintane en 2006.

barre de futures invitations. En retour, le festival vous expose et vous célèbre). La contrepartie à donner à Majorque avait été extraite, séparée, incarnée dans une organisation concrète : les poètes, petite troupe joyeuse des poètes, avaient été conviés à grimper dans un bus pour faire le tour de l'île, organisateurs transformés en tour operators croyions-nous, et nous longions du bus les magnifiques falaises bordées par un ciel bleu de Grèce et une mer bleue de Grèce, et nous visitâmes la maison belle où George Sand et Chopin avaient abrité leurs amours et s'étaient chamaillés, nous promenant au jardin nous fîmes des photos dans des roses, et nous vîmes la tombe de Robert Grave dont le nom est une tombe, et nous tournions tournions toujours car l'île est ronde jusqu'au pénultième point de visite, qu'on garde pour la fin : la maison du **grand poète de Majorque.**

Le grand poète de Majorque : Costa i Llobera.

C'était la contrepartie. J'ai cherché, dans une lettre que j'avais écrite à mon retour, le récit fidèle du souvenir de cette visite que je voulais donner ici, tel quel, copie de la copie de mon souvenir, pour ne pas ajouter quatre ans (2009-2005) au délai de la description, quatre ans de reprise, chaque fois que revenait la visite et que je la racontais, chaque fois que dans le cru du présent je tentais de dire, je tentais de dire ce qui n'a rien d'indicible puisque ça porte un nom, et si je vous fais attendre c'est que ce nom n'est pas rien, je tentais de dire ce qui n'est plus qu'un nom pour nous et qui venait là brutal, tel quel, sans nom sans doute à l'époque, puisque n'ayant nul besoin d'être distingué d'autre chose – c'était la seule, chose –, et cela, relisant la lettre de 2005, je voyais bien que je l'avais raté, que je n'en avais pas dit plus que ce que j'avais raconté depuis, et même moins, et je sens bien que je n'y arriverai pas plus maintenant, je sais bien que je ne vais pas y arriver, que je suis en train de tourner comme en bus dans Majorque ou dans ma lettre, évoquant Chopin qui n'avait pas mangé à sa faim, les paysans qui ont gardé les patates pour eux et George les traitant de crétins et leur bottant le cul, et puis ce qu'on avait mangé, nous, cent cinquante ans plus tard, glace aux amandes et paella cega, une paella sans arêtes qu'on peut manger les yeux fermés, métaphore facile : les Majorquins, de crétins, avaient viré aveugles – quel ratage, cette lettre lue quatre ans plus tard. Je me souviens qu'au dernier oral de concours que j'ai passé, l'explication d'un texte de Balzac, alors que j'avais pris soin tout du long d'avancer précise naviguant techniquement dans la page, un membre du jury m'avait fait remarquer que je négligeais les informations concrètes qu'apportait Balzac sur la nourriture et les manières de table de l'époque (par exemple); peut-être en effet qu'on ne peut faire autrement qu'en passer par là, glace aux amandes et paella cega, et quand on a bien bouffé on essaye d'y revenir, d'approcher, d'y aller, dans le couloir – mais il faut que vous me suiviez à présent, il faut que vous acceptiez de lâcher la glace et le poisson sans arêtes, je ne boude pas votre plaisir, ni le mien, ce n'est pas ça, sommes-nous d'ailleurs en situation de lâcher la glace et le tour operator, que je suis, que vous êtes, conjointement nous faisons le tour de l'île et ne me dites pas que j'en suis la seule responsable, ne me dites pas que vous n'en attendez pas plus sur Chopin (par exemple) – écrivant ici ceci j'y laisse tout espoir, tout espoir que cela vienne et nous gagne autrement que par Chopin –, allons-y, Frédéric nous montre le couloir; la maison est très sombre, les meubles sont noirs et cirés, une photo du pape est sur un guéridon, ne touche pas, ne touchez pas et tais-toi, l'héritière surveille les gueux qui pourraient chourer un bibelot, l'héritière les voit sachant qu'ils ne prient pas, ne lisent pas le vers classique, les sans-respect, ils savent qu'elle sait, se tiennent plus droit, mal détendus, en rang, en file, très vite tu apprends la file fasciste, elle pousse en toi, comme si elle n'attendait que ça, le moment propice, très vite tu tiens tes bras, tu te retiens d'aller voir les photos des enfants en uniforme, tu attends de sortir, il n'y a plus que ça, tu reprendras à la sortie c'est ce qu'on croit, on croit qu'il n'y a qu'à attendre la sortie, dans une heure, dans un jour ou dans trois ans, ça va passer, ce n'est qu'un flash de fascisme. Nous n'aurons vécu qu'un flash fasciste.

Au festival, nous tous toujours applaudissons et payons – sait-on quoi? Les organisateurs eux-même ne savent pas toujours quoi. Dealent. L'argent de la culture contre une visite à la maison du poète. Et quand il n'y a plus d'argent à la culture, l'argent de la maison du poète. Ou d'une banque.

Un festival. Dans une fondation privée (c'est la banque). Expos habituelles du temps : photos américaines noir & blanc, cinéma expérimental Mekas, dessins Artaud (dont le sort qu'il a envoyé par la Poste à Hitler), animations diverses destinées aux handicapés naturels, enfants de moins de douze ans et pauvres, projeté sur écran plasma, images à grains super lumineuses de stagiaires s'affairant autour d'objets vert pomme et de mineurs par terre. C'est un festival où on n'a programmé que des femmes, comme si les bailleurs de fonds avaient voulu faire ratatout : atout, un festival de poésie/performance; ratatout, que des femmes. Le festival a lieu sur deux soirs (essayez de tenir plus avec cette contrainte de n'inviter que des femmes, poètes, et performeuses par-dessus le marché), embarqué dans une représentativité – une Suissesse, une Française, une Espagnole, des Américaines – où dominent bon aloi et technologie. Toujours s'attacher à ce qui surprend; ici, ni la débauche toute relative de technicité, ni la « ferveur » attendue autant que jouée d'un public compact mais qui se lasse et part vite – plutôt l'âge des protagonistes. Des femmes, d'accord. Mais pourquoi des femmes âgées? C'est la première fois que je me retrouve dans un festival de vieilles femmes; par déduction, on peut en conclure que je n'en suis plus au début de ma carrière – mais à part ça? pourquoi vieilles? pourquoi toutes? La solution (il y a toujours une solution au problème de la culture) vient des Américaines : elles sont trois, toutes figures historiques. La première est là pour : New York, Laurie Anderson, années 1970, punk. La deuxième mise pour : San Francisco, Ginsberg (ce fut sa muse), hippies, années 1960. La troisième, pour musique répétitive, Glass, années 1980. Les fondations réceptionnent l'art quand les pièces sont mises pour et qu'elles restaurent (une époque, un lieu, un nom). Inutile donc de traduire les textes en anglais, non parce que l'anglais serait cette langue naturelle universelle qui n'a pas à être traduite puisqu'elle va de soi, mais parce qu'on est ici dans de l'évocation : chacune évoque une strate temporelle et le public applaudit aux fantômes, fantômes d'ordre supérieur pour lesquels elles sont mises, qui n'ont pu venir parce qu'ils sont morts (Ginsberg) ou trop chers (Anderson), c'est-à-dire qu'on n'a pas voulu y mettre le prix.

Quant au fantôme qui hante et chapeaute tous les autres, c'est celui de la « fête ». Il couronne, venant boucler le syntagme après qu'on y a essayé tous les adjectifs et tous les noms : lecture-performance, « performance littéraire » (festival En toutes lettres, juin 2009), « performance festive » (festival Les Bouquinades, Marseille, juin 2009). Poètes fêtards. Lectrice, donc fêtarde. Lire en fête, ou alors livres en fête. Je fête. Nous fêtons. Lire est une fête.

Ce livre est une fête.

Qu'est-ce qu'un livre qui est une fête?

Qu'est-ce qu'on fête?

★

Les villes européennes refaites se reconnaissent à ce que rien ne doit clocher et que c'est justement ce rien ne cloche qui cloche. La couleur dominante est le beige. Les dallages des rues piétonnes sont beiges. Les bâtisses historiques décapées sont beiges. Les pots de fleurs sont beiges. Les fleurs sont beiges. On poursuit les crottes marron foncé au jet d'eau. Sauf qu'il n'y a pas de crottes à Copenhague ou Madrid, centre-ville. C'est un secteur définitivement beige. Pas un papier par terre et pas un chat pour crotter : le sol y est beige, ou de ce gris discret des villes d'avant qui tendait obscurément au beige si bien qu'on a fini par céder. Plus tard, on m'explique que la ville (Copenhague ou Madrid) est dirigée depuis quinze ans par une municipalité conservatrice, pincée d'anciens franquistes ou droite beige, convertie à l'option politique permanente qui fait l'identité de l'Europe : le pastel.

On ne dit pas fascisme comme ça pour un oui pour un non. Je ne dis pas fascisme comme ça pour un oui pour un non. Le fascisme, en Espagne par exemple, c'est petits tricornes noirs de toreros et mitraillettes sur torses nus suants (pour ce qu'on voit quand on y va enfant en vacances), c'est mains sur la tête, c'est rue dégagée en 30 secondes, c'est exécution au garrot vil : tu es assis sur une chaise, bras attachés aux accoudoirs, le garrot passe sur ta gorge (fais ça avec un gros élastique, celui pour arrêter le sang avant la prise), on le tourne sur ta nuque, ensuite ta tête pend. Le fascisme, c'est la détention administrative : tu rentres en prison, tu ne sais pas quand tu sortiras, tu ne sais pas si tu sortiras. Le fascisme, c'est quand tu ne peux rien dire chez toi, et surtout rien au téléphone; si tu veux dire quelque chose, même anodin, intime, tu ne peux pas le dire chez toi, tu dois aller loin, dans la nature, ou dans un endroit bruyant, bord d'autoroute, hypermarché.

Ainsi, le fascisme peut être décrit en une poignée de phrases – net.

Et pourtant non.

Pourtant pas seulement.

Le fascisme n'est pas seul, pas toujours seul. Pas toujours si net, découpé. Le fascisme, c'est aussi la limo de Ben Ali à fond sur la route Sfax-Tunis (voitures dégagées vite fait sur le bas-côté) dans une campagne verdoyante où courent fillettes à nattes en chemin pour l'école. C'est un festival de poésie féminine dont l'inauguration est faite par une rangée de dignitaires séparés du public par une rangée de flics assis au premier rang. Le fascisme, c'est aussi vestiges, restes, habitudes, incohérences – cinq ans, vingt ans après. Ou un pressentiment, dix ans, un an avant. Rend le monde poreux. Montent alors les signes d'un temps sombre que tu apprends à lire et reconnais en descendant lentement, comme Alice dans son puits très profond découvre qu'elle a le temps de regarder autour d'elle et de se demander ce qui va se passer. Souvent tu frottes tes yeux, pour accommoder, car le fascisme en ses débuts ou en sa fin n'est pas sûr.

Deux ans après la mort de Franco, Rouillan antifranquiste. Je croyais Franco mort en 1976 ou 77 (devais le confondre avec Elvis). Il meurt en novembre 1975; deux mois avant, dernières exécutions; l'été d'avant, état d'exception, décret antiterroriste. À la fin des années 1970, des jeunes gens, brigadistes seuls ou en petits groupes, bandes de copains, venaient d'Amérique, Canada, Mexique, pour se battre contre Franco (nous, dix ans de moins, en maillot deux pièces jouant dans les vagues).

Salvador Puig Antich est exécuté dans ces années. J'ai vu hier le trailer du film *Salvador*, sur lui – les portes des prisons quand elles se ferment font ffffffssssssrrr-crachhh. Et quand Salvador se tourne vers le maton, ça fait ssssiiiuuouchhhhh.

L'une des questions que je peux légitimement (me) poser, parce que ce livre est une fête, mais aussi parce qu'il espère apprendre, s'exercer, attester une persistance et transmettre (autant les raisons de la révolte que la continuité des révoltes et les « **coupures** » comme de pseudo-coupures),

---

Salvador Puig Antich, engagé dans la lutte armée antifranquiste au sein du Mouvement ibérique de libération (MIL), au début des années 1970 en Espagne, il est arrêté à la suite d'une fusillade, condamné à mort et exécuté (garrotté) le 2 mars 1974. Rouillan et Torrès, qui participaient à la fusillade, réussissent à s'échapper et à repasser en France.

Coupures : il y eut une longue période d'amnésie, au début du XIXe siècle : on « oublia » la Révolution.

est la suivante : est-ce que ce livre doit faire ssssiiiuuouchhhhh, voire fait-il ssssiiiuuouchhhhh sans même que j'en aie conscience – le bruit actuel de la terreur ayant ce son de sabre chinois? Si le bruit actuel de la terreur a, pour nous, lecteurs en fête, ce son de sabre chinois, la reconnaissance de la terreur dans un livre tient-elle essentiellement à la reproduction, adaptée pour le livre, du son du sabre? Entendra-t-on un livre qui ne fait pas ssssiiiuuouchhhhh, que ce soit par choix ou parce qu'il n'y arrive pas? Et comment sonne le fascisme en littérature?

*

En revanche, en France, on sait bien comment sonne la Révolution, parce qu'on connaît sa langue : c'est celle du XVIIIe.

Comment une prose classique française fait-elle entendre le son du canon en 2009? Périodes et lexique typique (filles au lieu de putes), pensée construite, rythme tenu et bien frappé sur sa fin, latin. Nous lirions en perruque. Peu importe, d'ailleurs, en perruques sommes encore lecteurs en fête, écrivains maniant leur canne, bâton de twirling dans Venise en folie – sans cette prose nous sommes sourds, en France.

Par conséquent, j'écris un livre muet; je prends ce risque. Je ne puis écrire hors cette prose la révolte si je veux être entendue.

Cette prose?

Quelle prose, déjà?

Une prose établie comme de Pavlov le chien, dont on rejoue périodiquement le grelot pour que s'y fassent les jeunes générations – soit un style noble. Que sont les beautés nouvelles du son du sabre

---

Pensée construite : héritière de la linguistique et de la grammaire du XVIIIe siècle, pour lesquelles la langue écrite doit reproduire le cours logique (et « naturel ») de la pensée (cf. *Histoire de la grammaire scolaire*, André Chervel, Petite Bibliothèque Payot, 1977).

chinois… mais déjà nous causons du son du sabre chinois en termes de beautés, ainsi que nous caus(i)ons des beautés du style noble, ou noblement insurrectionnel, de sa syntaxe équilibrée, et son du clairon, tambours ou basse continue debordienne (pour les pleurs contenus). Sans fin nous tournons dans cette nuit sourde de la prose et nous y consumons.

Ainsi ce livre est muet, mais costumé par places dans l'espoir d'être entendu. Jabot, rubans, commodités de la conversation. Il ne peut faire lever qu'une bande de supporters aristos. Allant en banlieue pensant qu'être exclu c'est kif-kif s'exclure. Main-d'œuvre pour les maçons, main-d'œuvre pour la révolution.

*

Il est vrai, comme disent ceux qui lisent, que la littérature, en France, de peur, doit se garder de l'horrible atteinte des banlieues et du postmodernisme, qui défigurent depuis tant d'années notre langue avec des anglicismes et des choses comme caillera, zyva, zarma, sans compter tous ces prénoms hideux donnés aux enfants innocents (Prescilla, Kevin, Jordan, etc.) les condamnant à jamais à un destin de gueux.

Il est vrai que notre littérature a glissé (non point opté mais insensiblement glissé) vers une restauration, à tout le moins le rôle d'un conservatoire de la langue, tant le zèle et ses excès ravagent une société par tous les bouts en la forçant au chagrin commémoratif.

Si la langue lettrée n'était pas sous (cette) perfusion, on aurait moins besoin de se dédouaner en saluant la Terreur, gagnés par le lyrisme qui est son régime et notre port d'attache – d'attache, c'est-à-dire que nous y sommes enchaînés, que nous y retombons, que nous y barbotons, et qu'une partie de la littérature d'expression française, hors métropole et métropole, y tient son origine et son horizon, n'en décolle pas, n'en démord pas, y dort et y rouille. Quelle espèce de révolution dite dans la langue de la Révolution peut bien avoir lieu, sinon une révolution de Révolution, en interne, en causerie intime avec Robespierre ou Just?

Qu'il fût resté six mois aux gamelles, on s'en était indignés en chœur, bien qu'il ne fût pas poète, à l'époque, et que son groupe semblât professer des idées d'un autre âge (circa 69). Fallut-il qu'il en eût plein le cul, à la fin mai 2009, pour accepter de publier dans *Le Monde* la prose dont il savait qu'elle toucherait au cœur le lecteur amateur et l'écrivain professionnel, l'une de ces proses qui font tinter le grelot et chanter en canon Ce qu'il écrit bien / Ce qu'il écrit bien? À quelques rares exceptions près, nous adhérâmes tous à ce qu'on peut formuler en

Aux gamelles = en prison.

manière d'épitaphe : **il pensait mal mais il écrivait bien** (i.e. qu'il se contente de bâtir sa Commune dans *Le Monde*). La France qui lit soupirait soulagée : on apprenait encore dans les écoles, l'EHESS était à la hauteur de sa réputation, les Humanités n'étaient pas mortes, la banlieue n'avait pas tout pourri.

En tant qu'enseignante, j'étais satisfaite.

En tant qu'écrivain, je rechignai pour la forme.

[Il pensait mal mais il écrivait bien], je résume ici la teneur générale des mails de lettrés proches ou moins proches reçus à la suite de la publication de l'entretien avec Julien Coupat dans *Le Monde* du 25 mai 2009 – entretien repris dans la revue *Nioques* n° 6 (Le Mot et le Reste éd., octobre 2009).

Concernant le style insurrectionnel, cette précision : contrairement aux « confrères » visés par Kant dans un court texte de 1796 (*D'un ton grand seigneur adopté naguère en philosophie*), il n'y a dans ces textes (L'IQV, *Tiqqun*, ou certains paragraphes d'Agamben dans *La communauté qui vient*) aucune prétention à « penser par le sentiment » (ou le pressentiment)[...] *(voir annexe p.109)*.

En tant que rien de spécial, je pensai pan dans les dents

et puis : mais qu'est-ce que je ferai, moi, le jour où y aura du grabuge?

et qu'est-ce que je fais, là?

Quelques jeunes gens que je rencontrai ensuite, et qui ne séparaient pas ce qui était dit de la manière dont cela était dit, acceptaient le tout, forme de vie moins minable que celle à eux proposée ou laissée par les animateurs du subjonctif imparfait.

*

Cette affaire, plus que l'action de Sarkozy – et bien plus que les incarcérations passées d'« **islamistes** » des banlieues

---

« **Islamistes** » **incarcérés** : les premières lois antiterroristes datent de 1986; elles ont d'abord frappé de présumés islamistes.

suspectés de « terrorisme », dont on se tapait le coquillard –, allait-elle plomber un peu les populations flottantes constitutives de notre pays la France depuis d'Estaing (circa 79)?

Ceux qui travaillaient dans (ou pour) des institutions dévolues à l'art ou au livre, et dont on supposait, dans un contexte répressif, qu'ils auraient à se manifester, n'avaient, semble-t-il, d'autre choix que de suggérer individuellement quelle position ils entendraient prendre le jour où il y aurait du grabuge.

Ça ne pouvait se faire que ponctuellement : d'un côté, la lente, puis rapide, transformation de l'institution pour laquelle ils travaillaient d'un service public à un simple « opérateur culturel » (soit

---

Transformation de l'institution pour laquelle ils travaillaient d'un service public à un simple « opérateur culturel », cf. l'évolution de la Maison des Écrivains, exemple parmi une sorte d'agence de tourisme spécialisée en programmation d'événements à forte valeur ajoutée).

De l'autre, à telle ou telle occasion, publicité d'une opinion personnelle qui les détachait brièvement du fond commun et dessinait la silhouette curieusement transparente d'un gauchiste.

Parce qu'on se voyait non seulement accompagner le passage de l'art (découpé sur le reste) à un ameublement festif (coupé du reste) mais qu'on participait à ce passage, y travaillant, on ne pouvait qu'aggraver

---

d'autres, et la lettre rédigée à ce sujet par François Bon dès 2006, en ligne ici :

http://www.tierslivre.net/spip/spip.php?article376

On ne pouvait qu'aggraver par ailleurs la formule indicatrice de notre engagement possible le jour où il y aurait du grabuge, on = moi, nous – cf. la citation choisie pour la quatrième de couverture du *Cahier du Refuge* n° 181, Centre International par ailleurs la formule indicatrice de notre engagement possible le jour où il y aurait du grabuge.

⋆

L'après-Tarnac (qui n'était un après que pour ceux qui n'étaient pas soumis à un contrôle judiciaire leur donnant de quoi vivre dans un parc à jouets) pullula en occasions de se (et de me) préciser. Mais si vous êtes garagiste, vous attendez qu'un automobiliste soit mis en garde à vue pour agir – si vous êtes boulanger qu'un pâtissier, si vous êtes écrivain qu'un libraire, etc. Il faut qu'à deux personnes près ce soit vous. Tant que l'ami de votre ami n'a pas deux jours durant un néon sur la tête, une barquette

de Poésie Marseille, juin 2009 : « On devrait toujours être muni d'une batte de base-ball, d'un démonte-pneu ou de quelque objet suffisamment lourd et contondant pour se protéger du souffle fétide des crétins notoires » (Orion Scohy).

de confiture au petit déjeuner, un robinet au-dessus d'une toilette dégueulasse pour se laver, et qu'en termes exacts cela soit dit : garde à vue, **SDAT** et **Levallois-Perret** appartiennent à un ensemble vague qui n'aura de contours qu'après la phase instigatrice – et restreinte – dont les services de police poursuivent l'élaboration jusqu'à ce qu'ils puissent passer à l'action directe. L'opération incitative dont le nom est Taïga – et dont l'enjeu était de fixer

---

SDAT, Levallois-Perret : Sous-direction anti-terroriste (SDAT), service de police judiciaire français, dépendant de la Direction centrale de la police judiciaire, voué à la lutte contre le terrorisme. La SDAT, bien qu'administrativement distincte de la Direction centrale du renseignement intérieur (DCRI), est désormais établie dans les mêmes locaux que celle-ci à Levallois-Perret dans les Hauts-de-Seine, tout comme l'Unité de coordination de la lutte anti-terroriste (UCLAT).

L'opération incitative dont le nom est Taïga. Sur la notion d'incitation : *le philosophe Brian Massumi a récemment défini ce mode d'action comme une opération* incitative *: les militaires*

un contour et une identité à une **nébuleuse** toujours en formation – produit en retour la (re)connaissance de ce qui est né net, divisé et hiérarchisé : l'institution antiterroriste.

Cependant, dire, en une phrase construite, une syntaxe élaborée et un lexique choisi que tout cela est une construction policière, c'est prendre le risque de s'enclore dans une identité rhétorique appartenant à une tradition répertoriée dont l'ironie est le régime intrinsèque – même si vous affirmez un contraire (nous ne tenons pas dans les limites que vous nous indiquez, nous

---

contribuent sciemment à matérialiser la menace qu'ils sont a priori *chargés d'écarter.* (Eyal Weizman, *À travers les murs*, La Fabrique éd., 2008).

Sur le choix du nom « Taïga » : les Allemands, en 1941, appelaient Tarnac « la petite Sibérie ».

Nébuleuse, nuage interstellaire de gaz et de poussière et nom que les services de M. Alliot-Marie donnaient au groupe de Tarnac.

plantons des carottes sans leader, etc.), ces phrases-là tracent un contour, renvoient à une Histoire repérable, défont la nébuleuse, confirment le nom qu'on a trouvé pour vous.

En outre, ces phrases-là peuvent sembler autoriser le groupe ouvert de ceux qui vous soutiennent à refaire à leur tour le geste policier, **en confirmant à leur corps** défendant ou conciliant que vous avez bien, par exemple, une stature de chef,

---

En confirmant à leur corps défendant ou conciliant que vous aviez bien une stature de chef, l'assurance et l'arrogance d'un dogmatique, cf. les paroles de Mehdi Belaj Kacem, telles qu'elles sont rapportées dans un entretien au *Nouvel Observateur* (27 mai 2009), et où il oppose d'un côté, lui, MBK, qui a réfléchi pendant dix ans afin de trouver des réponses théoriques à un engagement politique contemporain, et de l'autre son ancien camarade Julien Coupat qui, lui, était un peu trop conscient et sûr de « ce » qu'il voulait.

http://bibliobs.nouvelobs.com/20090527/12761/mehdi-belhaj-kacem-defend-coupat

l'assurance et l'arrogance d'un dogmatique – ou simplement en répétant le nom par lequel les médias ont porté votre existence à la connaissance du public. Si intimement approprié et si chaudement accommodé soit-il, ce nom puis ce prénom ne sont jamais que des pièces à conviction.

*

La police et nous pensons parfois que **seul le texte direct arme direct.**

Nous transportons des livres et la police dit **Bingo!** quand elle les trouve, et

---

Seul le texte direct arme direct, cf. les remarques des généraux de l'armée israélienne, qui lisent Deleuze et Foucault, mais pas Derrida : « [Il] est un peu trop obscur pour des gens comme nous [...] nous avons davantage de points communs avec les architectes; nous associons la théorie à la pratique. » (op. cit. p. 44).

la police dit Bingo!, c'est ce qu'elle a fait en arrêtant* une « proche du groupe de Tarnac » et en découvrant une caisse d'*Insurrection qui vient* dans le coffre de sa voiture.

nous disons Bingo! à son Bingo, parce que nous tenons tous alors, police, non-police, ce livre pour un Bingo – le Bingo de l'autre, si l'on veut. Or, je ne suis pas sûre que le livre soit un Bingo ni une fête. Le mode d'action d'un livre n'est pas binguiste ni festif; sa performativité spécifique n'est ni binguiste ni festive. Je sais bien que les livres qu'on remarque sont souvent conçus en termes binguistes et pour produire un Bingo! chez le lecteur, l'éditeur, les médias et toute la chaîne-du-livre. Autrefois – autre, autre, autrefois – j'aurais dit qu'en ce cas ces livres sont des livres et non de la littérature; aujourd'hui, un livre de littérature bon peut se concevoir binguiennement, tout replié sur lui pour produire l'élan typique qui le projette en tête de gondole, et sidère les gondoles, et dispatche les petits cœurs post-it scrupuleusement remplis par les libraires d'adjectifs binguiens tels que jubilatoire,

* Et en lui plaquant un revolver sur la tempe (voir plus loin).

savoureux, etc., et tous ces mots culinaires avec lesquels en France on décrit la littérature, et qui ne datent pas de Bernard Pivot, non, Bernard n'a fait qu'entériner une habitude plus ancienne : j'ai lu les mêmes adjectifs dans une série de fiches pédagogiques destinées aux lycéens des années 1960, qui décrivaient indifféremment Colette, Paul Guth et Cholokov. Et quelle photo de lui-même a choisi Passouline pour son blog littéraire? Passouline en chemise (bordeaux) dégustant un café dans sa tasse (blanche), tel George Clooney titillant de sa langue qu'on devine délicieuse un Nespresso – la littérature, what else?

La nuit dernière, j'ai fait un cauchemar : j'étais invitée à un festival, je devais chanter des chansons et j'avais oublié les textes de ces chansons. Un rêve de professionnel ou de sportif typique – le skieur se rêve en haut des pistes sans skis, le footballeur sans chaussures à crampons, l'homme-grenouille sans bouteilles.

C'était le soir, dans une sorte de palais des papes. Je marchais vers la scène, avec l'angoisse de devoir chanter sans texte, et dans mon rêve je n'avais pas même l'idée de faire traddidadidadada traddidadidaidada, comme Chaplin dans son film, quand il a perdu ses manchettes. Ensuite venait mon successeur, une poète, elle chantait mais elle n'était pas très bonne (j'ai noté sur un carton : encore pire) et les gens se sont mis à courir à toute allure pour ne pas rater leur bus garé en contrebas.

La plupart du temps, c'est le passé, mon passé, que j'appréhende comme un rêve, jusqu'à me demander si j'ai réellement vécu tel ou tel événement. Il n'y a pas de passé personnel pur, et il est possible que le seul passé dont je puisse vraiment faire l'expérience soit le passé commun – l'Histoire, comme on dit – sous forme de scènes ou d'images arrêtées, qui sont les formes iconiques ou narratives que nous connaissons le mieux – qui nous « fréquentent » le plus, en tout cas. Chaque fois, je me dis : somme toute, il s'en faut de peu – que Quintane soit Quintana et 2005 1975.

C'est une autre fois, au Maroc, sur la côte, à Safi, en 2002. Un festival.

L'inauguration du festival. Nous entrons dans un bâtiment public un peu décrépit, une vaste salle avec des chaises alignées, et devant, une estrade, haute. Une très longue estrade, et dessus, une longue table rectangulaire couverte d'une nappe verte. On nous fait signe de ne pas nous asseoir au premier rang. Nous savons que les discours des officiels seront en arabe, que certains d'entre nous ne comprendront pas, mais qu'il est hors de question de ne pas assister à la cérémonie (on nous l'a dit). Nous attendons, nous discutons, je parle avec une poète assise derrière moi. Quand je me retourne, des policiers occupent le premier rang, dans une tenue calquée sur celle de la police française. Les officiels arrivent, un par un, montent sur l'estrade; le plus jeune, qui doit avoir pas loin de soixante ans, puis les autres, âgés, qui semblent respecter une hiérarchie précise. L'un d'eux a des lunettes noires. Ils se tiennent droit. Ils sont graves. Ils vont parler, longtemps. Ils viennent d'avant, bien sûr, du Maroc d'avant ou de juste avant – mais ça, je n'ai pu me le dire qu'après, quand on a quitté la salle. Pour le moment, tandis qu'ils parlent, c'est moi qui suis dans leur temps, bouclée dans leur présent qui est le présent. Je ne bouge pas. Si je m'évanouis, parce qu'il fait une chaleur étouffante dans cette salle, je m'évanouirai droite sur ma chaise. Je sais que je vais sortir. D'ici là, l'important, c'est de ne pas se faire remarquer.

En fait, je n'ai jamais raconté cette scène-là comme ça, mais pour ce livre je dois faire quelques concessions, je dois écrire quelques au lieu de des, par exemple – des concessions –, parce que quelques concessions est rythmiquement comme un petit cheval qui galope et que je sais que cela fera plaisir, ce petit cheval qui galope, et qu'on me tiendra rigueur, si je ne fais pas galoper le petit cheval. Ils diront :

tiens, elle a même pas fait galoper le petit cheval; elle la soigne pas, sa langue; on peut même pas dire : mais quelle langue! – il est négligent, cet auteur. Alors, je me suis dit que pour une scène onirique, à touche onirique, saveur onirique, il me fallait l'aide de Gérard – on appelle par leur prénom les écrivains malheureux, les personnes atteintes d'une gloire soudaine, qu'on s'accapare ainsi sachant pertinemment que c'est ce qu'elles redoutent le plus. Nerval est le meilleur pour dire le rêve, et comme je prends comme lui au sérieux les inventions des poètes, je l'ai rappelé pour ne pas être seule sidérée sur ma chaise.

Mais « sidéré » est un mot bien noble et apprêté pour une scène que j'ai toujours décrite par la suite en parlant de la table des Cigares du Pharaon, quand le Ku Klux Klan en cagoule se réunit. Le fascisme a la réalité d'une vignette de BD ligne claire.

D'un coup, on est plongé dans un monde où la couleur ne déborde jamais du trait du pantalon et où, si vous avez le malheur de dépasser un peu, on vous arrache les ongles.

Ce matin-là, je rentrais du travail, et je vois S. assis sur la marche extérieure de la porte-fenêtre, qui me fait signe, et parle bas, et me fait signe de me pencher plus. Il me dit que F., J., S. et sa sœur, sont en garde à vue depuis ce matin à Marseille. C'est incroyable, me dis-je, qu'ils n'aient pas encore compris, et qu'ils maintiennent en détention l'homme jeune à idées (à l'époque, il y était encore), crient Bingo! en ouvrant des coffres, plaquent des flingues sur des tempes, roulent à toute allure dans leurs voitures vers Levallois-Perret, aient des patronymes de transformistes de music-hall, et s'acharnent à découvrir des hommages à la Commune de Paris dans la recette du purin d'orties.

– Tu penses pas que maintenant je devrais le dire, dis-je à S., que c'est moi, l'auteur de *L'insurrection qui vient*? C'est tout de même incroyable qu'ils aient pas encore compris!

– Écoute, me répond-il, les flics ne lisent pas les livres de chez P.O.L. Pas étonnant qu'ils aient pas reconnu ton style.

– **Jean-Paul** ne fait pas son boulot, voilà ce que je pense.

– Tu veux quand même pas qu'il envoie **des SP à la SDAT**!

Jean-Paul, allusion à l'attaché de presse de P.O.L – excellent par ailleurs.

Des SP à la SDAT, des services de presse à la Sous-division antiterroriste.

– Franchement, il y a longtemps qu'on n'avait pas eu affaire à un lectorat aussi attentif.

– Ça, c'est pas faux. De toute façon, les seuls livres vraiment intéressants, c'est ceux qui sont lus par la police.

– En plus, ça fait exploser les chiffres de vente!

– Mais c'est pas pour ça qu'ils sont en garde à vue, reprit-il, c'est à cause de la photo, tu sais, la photo du pilier de la résidence secondaire de ce type, celui qui a un nom de transformiste de music-hall.

– Ah, la photo… je pourrais peut-être la mettre dans mon livre?

– Quel livre?

– Ben, si j'écris un livre pour la police, enfin, en pensant à la police, ce serait bien qu'il y ait cette photo, ou alors un dessin de pilier, si je peux pas récupérer les droits.

– En attendant, ils sont en garde à vue, avec un néon dans la tronche et une barquette de confiture de fraises au petit déjeuner.

Il y a longtemps, S. m'avait raconté l'histoire de la mère de sa cousine polonaise, sortie de son pays pour un séjour touristique en France dans les années 1970, qui parlait bas dans les maisons et se méfiait des téléphones – j'ai encore sa photo en noir et blanc dans mon portefeuille; elle est jolie, la décrire ferait un peu galoper le petit cheval, mais peut-être qu'un livre se juge aussi aux moments où il refuse de faire galoper le petit cheval. On était devenus polonais, printemps 2009, et je racontais la Pologne à Alain, qui habite au Québec, à Margret, qui habite en Autriche, à Mercedes, qui est de Madrid, je racontais comment on saluait les flics au téléphone (comment savoir si on n'est pas sur écoute?), et qu'on sortait dans le jardin dès qu'on avait envie de parler tranquillement, sans avoir à se dire peut-être que... C'est qu'une partie de la population mondiale, en ces années 2000, passait son temps à départager ce qui relevait de la limitation des libertés publiques et ce qui n'en relevait pas encore, ou pas tout à fait, ou peut-être mais attendons de voir si ça se confirme. De la Chine à l'Argentine, du Danemark (gouverné par une coalition droite/extrême droite, mais qui s'en soucie?) à l'Autriche calamiteuse, de l'Italie – dont on parlait en France parce qu'elle est voisine de la France – à la France – dont on parlait en Italie parce qu'elle est voisine de l'Italie –, du Japon au Gabon, enfin on pouvait s'unir autour d'une activité commune : le recueil et la collection des signes plus ou moins nets de la répression. Tandis que les anciennes dictatures se rapprochaient des démocraties libérales, les démocraties libérales opéraient discrètement le mouvement inverse; il ne manquait plus que quelques décrets-lois pour que la jonction soit achevée. On disait : comparaison ne vaut pas. La France n'est pas le Pérou. 2009 n'est pas 1940. Mai n'est pas juin. La police n'est pas la gendarmerie. Le Parlement n'est pas le Sénat. Rome n'est pas Madrid. Comparaison ne vaut pas, donc Histoire impossible. Cependant, une Justice restructurée comme en 1940 sera plus proche de la Justice de 1940 que de celle de 1985 (par exemple).

Je revenais de T., j'écoutais Europe 1, Michèle Alliot-Marie parlant de son

---

T., village des Alpes de Haute-Provence, anciennement Basses-Alpes.

Sur ce département, voir les films de Luc Moullet, en particulier *Une aventure de Billy the Kid*, *Les Naufragés de la D17* et *La Terre de la folie*.

passage de l'Intérieur à la Justice, de ce que la sécurité n'était pas seulement l'affaire de la police mais de l'Éducation nationale, des commerçants, des artisans, des familles, etc. Aussitôt, je mis un coup de patin sur le frein et d'œil dans le rétroviseur.

Si la sécurité est l'affaire de tous, cela signifie qu'en chemin de T. à D., je m'occupe aussi de sécurité : je mets ma ceinture de sécurité, je respecte les règles de sécurité. Cela dans ma voiture. Parvenue à D., je continue : je vérifie si le gaz est bien fermé après l'avoir fermé, je ne marche pas sur le savon quand je suis dans la baignoire, je tourne deux fois la clé dans la serrure contre les cambrioleurs, je m'aplatis sur le sol s'il y a de la fumée. Est-ce que Michèle Alliot-Marie veut bien dire cela – que je suis aplatie sur le sol, que je ne glisse pas dans ma baignoire, que je n'explose pas car il y a trop de gaz – quand elle parle de sécurité?

Sécurité domestique? Sécurité publique?

Sécurité domestique = sécurité publique : je m'aplatis s'il y a de la fumée, je contourne le mendiant (pour ne pas favoriser l'aumône), j'ôte le savon du dedans de la baignoire et je le pose sur son bord, je complète les fiches d'identification des enfants en bas âge, je ferme le gaz, je signale le sans-papiers à la préfecture, je mets un trois-points à ma porte d'entrée, etc. Ainsi, je réduis les dépenses domestiques-publiques (jonction-fusion).

Ensuite, Michèle Alliot-Marie parle de la loi. On vote pour élire des élus qui votent des lois. Les lois doivent être respectées. On respecte les lois votées par les élus pour lesquels on a voté.

On ne doit pas entrer avec un couteau dans un établissement scolaire. Les portiques détecteurs de métaux détectent les couteaux. On installe des portiques détecteurs de métaux à l'entrée des établissements scolaires.

Il vaut mieux avoir le bac pour entrer sur le marché du travail. Le bac d'aujourd'hui ne vaut plus rien. Ceux qui ont le bac ne valent rien sur le marché du travail.

Les fils d'ouvriers n'accèdent pas aux classes préparatoires aux grandes écoles. On ferme les usines, il n'y a plus d'ouvriers, et donc plus de fils d'ouvriers. Les classes préparatoires ne sont pas fermées aux fils d'ouvriers.

Fumer tue. Quand on est à côté d'un fumeur, on fume. Les fumeurs sont des assassins.

Des anarchistes ont écrit des livres. Des anarchistes ont lancé des bombes. Il y a parmi ceux qui écrivent des livres des gens qui lancent ou lanceront des bombes.

Des musulmans obligent des jeunes filles à porter le voile. Les jeunes filles doivent être libres de ne pas porter le voile. On vote une loi qui oblige les jeunes filles à ne pas porter le voile.

La littérature n'est pas accessible au grand public. Le grand public veut faire la fête. La littérature c'est la fête.

La nourriture qui ne fait pas grossir est chère. Il y a des pauvres. Les pauvres sont gros.

(Etc.)

Le lendemain, j'ai repris Blanqui, sa défense au procès des quinze en janvier 1832 :

« Il faut que force reste à la loi! Une nation ne doit se passionner que pour la loi! Messieurs, suivant vous, toutes les lois sont-elles bonnes? N'y en a-t-il jamais eu qui vous fissent horreur? N'en connaissez-vous aucune de ridicule, d'odieuse ou d'immorale? Est-il possible de se retrancher ainsi derrière un mot abstrait, qui s'applique à un chaos de quarante mille lois, qui signifie également ce qu'il y a de meilleur et ce qu'il y a de pire? On répond : "S'il y a de mauvaises lois, demandez-en la réforme légale; en attendant, obéissez." »

Obéissance à la loi. C'est une formule qui se tient. Et qui a au moins autant d'efficacité pratique que Je est un autre (par exemple). Sans compter qu'elle est faite par tous, dans une démocratie, et non par un.

Blanqui, *op. cit.*, p. 9

Que n'importe quelle formule peut se retourner, Ducasse l'avait montré, en 1870, et nommé *Poésies*.

Plus haut dans le texte, Blanqui dit le peuple muet : « Le peuple n'écrit pas dans les journaux; il n'envoie pas de pétition aux chambres : ce serait temps perdu. Bien plus, toutes les voix qui ont un retentissement dans la sphère politique, les voix des salons, celles des boutiques, des cafés, en un mot de tous les lieux où se forme ce qu'on appelle l'opinion publique, ces voix sont celles des privilégiés; pas une n'appartient au peuple; il est muet; il végète éloigné de ces hautes régions où se règlent ses destinées. »

Il est muet – à moins que les autres soient sourds.

« **Le peuple n'existe plus**, c'est l'individualité sérielle de masse qui l'a remplacé. [...] Le peuple, ce n'est pas le peuple matérialisé par la masse humaine mais la possibilité toujours ouverte qu'un peuple "soit" Or cette possibilité a disparu : le peuple – les peuples ont été dissous [...]. Que tout se gouverne à la peur, que tout s'exprime dans le vocabulaire de la sécurisation et que tout soit aligné sur cet horizon ne fait plus guère de doute pour personne. »

Le peuple existe. L'individualité sérielle de masse ne l'a pas remplacé.

Le peuple, c'est le peuple matérialisé par la masse humaine. Le peuple n'est pas une possibilité; il est effectif dès qu'il agit. Cela n'a pas disparu : le peuple – les peuples n'ont pas été dissous.

« **Le peuple n'existe plus** [...] pour personne » in *Le Commerce des charmes*, Jean-Paul Curnier (éd. 104/Lignes, 2009), p. 19.

Que tout se gouverne à la peur, que tout s'exprime dans le vocabulaire de la sécurisation et que tout soit aligné sur cet horizon fait douter quelqu'un.

*

1. Si le peuple n'existe plus, alors il n'y a pas eu d'émeutes (révoltes) en banlieue.

1.1. Ou alors, c'est que nous pensons que les émeutiers (révoltés) des banlieues n'appartiennent pas au peuple, ne manifestent pas un peuple.

2. Si nous pensons que les émeutes des banlieues ne manifestent pas l'existence d'un peuple, c'est qu'elles sont le produit d'une série d'individus simplement énervés et qu'on calmera à l'eau froide.

3. Si nous pensons que ces émeutes ne sont pas des mouvements populaires, alors ne les appelons pas émeutes, car l'émeute est un mouvement populaire.

4. Nous regrettons que ces émeutes soient spontanées, non organisées. L'émeute, c'est une insurrection qui a échoué. Par conséquent, les émeutiers des banlieues ont échoué (selon nous). D'ailleurs, ils sont dans l'échec (scolaire d'abord, émeutier ensuite).

5. Les émeutes ont eu lieu, pas l'insurrection – qui vient. Nous préférons l'insurrection qui va venir aux émeutes qui ont effectivement eu lieu – sans nous.

6. Les émeutes sont ponctuelles. Ces émeutes sont presque toutes consécutives à la mort d'un jeune homme ou de plusieurs, tué(s) par la police, ponctuellement. À partir de combien de points obtient-on une ligne?

6.1. Si l'on obtient une ligne, ou si l'on n'est pas loin d'obtenir une ligne temporelle continue (émeutes en 81, émeutes en 84, 85, etc., etc), c'est donc qu'il y a continuité de l'émeute. Comment nomme-t-on cette continuité, latente ou manifeste, de l'émeute?

7. Les émeutiers des banlieues ne décollent pas de l'émeute. On ne peut que vouloir décoller de l'émeute. L'émeute n'est pas une ambition. On n'ambitionne pas de vivre en banlieue, d'être émeutier, bref, de faire partie d'un peuple.

7.1. Ils font partie d'un peuple.

7.2. Le peuple manque.

7.3. Nous résolvons cette double contrainte par un futur simple de l'indicatif (l'insurrection viendra).

8. In-su-rrec-tion : 4 syllabes.

Émeute : 2 syllabes.

In-su-rrec-ti-on : 5 syllabes (avec la diérèse lyrique).

9. L'émeute raffermit les gouvernements qu'elle ne renverse pas (Victor Hugo).

Les émeutes des banlieues n'ont pas renversé le gouvernement.

Les émeutes des banlieues ont raffermi le gouvernement.

Non seulement les émeutiers des banlieues ont échoué, mais en plus ils ont largement contribué à la situation calamiteuse dans laquelle nous sommes.

9.1. Qu'ils arrêtent, ou s'organisent.

Une émeute n'est pas un mouvement organisé.

10. Les banlieusards n'ont produit jusqu'à présent que des émeutes. Ils sont incapables d'autre chose que l'émeute.

10.1. Ils ne retiennent du mot émeute que l'étymologie : émoi, émotion. Ils ne pensent pas (ils sont manuels).

10.2. Nous ne retenons de l'émeute que l'effet qu'elle nous fait – peur et fascination (ou inquiétude et enthousiasme). L'émeute ne fait pas penser.

10.3. Nous pensons qu'une pensée construite par une succession de propositions logiquement enchaînées fait penser. **À voir.**

À voir. À cette série contestable – et qui ne demandait qu'à être contestée –, Jean-Paul Curnier a bien voulu apporter une réponse *(voir annexe p.111)*.

*

L'idée qu'on se faisait des habitants des banlieues en général n'était pas très loin de la description de **l'ouvrier-pomme de terre** par Émile Pouget, à la fin du XIXe siècle. L'ouvrier était une pomme de

---

L'ouvrier-pomme de terre par Émile Pouget, à la fin du XIXe siècle : idée qu'il a reprise à Marx (in *Le 18 Brumaire de Napoléon Bonaparte*).

Pouget (Émile), Pont-de-Salars (Aveyron) le 12 octobre 1860 et mort à Lozère (Palaiseau, Seine-et-Oise) le 21 juillet 1931, révolutionnaire et syndicaliste français. Le 9 mars 1883, alors qu'il mène un cortège de « sans travail » des Invalides vers le boulevard Saint-Germain, trois boulangeries sont pillées. Il est arrêté, place Maubert, alors qu'il tente de soustraire Louise Michel aux policiers. Il est ensuite condamné à huit ans de prison pour « pillage à main armée » et incarcéré entre 1883 et 1886 à la prison de Melun. Le 24 février 1889, il édite un journal pamphlétaire, *Le Père Peinard*, où il publie de nombreux articles. En 1894, la répression des milieux anarchistes après l'assassinat du président de la République l'oblige à émigrer en Angleterre. Il est amnistié en 1895 et rentre alors en France.

terre, posée à côté d'une autre pomme de terre, et le tout formait un vaste sac à patates. L'habitant des banlieues était cette patate, bourgeonnant jeune tantôt à droite tantôt à gauche, de-ci de-là, inconsciente dans la chaleur et le noir des caves à trafic, abrutie par la réclame et les jeux vidéo. Heureusement, Émile était du côté de ceux qui s'organisent. Il fallait faire autrement bourgeonner ces patates; on s'y emploierait. La jonction, c'était ça : je t'organise.

Il y avait si longtemps que tous ces mots n'avaient pas été prononcés, et repris, si longtemps que nous étions coupés, que la jonction devait d'abord s'opérer avec eux, en les récrivant, re-disant, bien ronds en bouche, comme un Luchini retourné garçon coiffeur mais acteur. Si longtemps que la transmission avait été coupée qu'il faudrait d'abord passer par **une période de calque.**

Une période de calque : « Les hommes font leur propre histoire, mais ils ne la font pas arbitrairement, dans les conditions choisies par eux,

C'était une réponse possible à la lettre de Rouillan :

« Si je parle du point de vue générationnel, je suis obligé de convenir de l'irréfutable constat : notre génération (en Europe occidentale et d'un point de vue révolutionnaire, entre 1965 et aujourd'hui) a été la pire ou la moins douée depuis deux cents ans.

D'abord et contrairement à nos prédécesseurs, nous avons été incapables de faire la moindre révolution conséquente même vouée à un échec comme la Commune ou

---

mais dans des conditions directement données et héritées du passé [...] Et même quand ils semblent occupés à se transformer, eux et les choses, à créer quelque chose de tout à fait nouveau, c'est précisément à ces époques de crise révolutionnaire qu'ils évoquent craintivement les esprits du passé, qu'ils leur empruntent leurs noms, leurs mots d'ordre, leurs costumes, pour apparaître sur la nouvelle scène de l'histoire sous ce déguisement respectable et avec ce langage emprunté. [...] » *(Voir annexe p. 128.)*

la révolution européenne des années 1920 et les grands mouvements populaires des années 1930, 40 et 50. Pire, puisqu'à un moment, notre génération n'a pu projeter un modèle de lutte capable de s'opposer à l'avancée du capitalisme (poussé par ses logiques de crise et d'essoufflement). Ce qui, entre autres, nous coûte un autre constat : nous laisserons un monde plus réactionnaire, plus dur, plus précaire que celui dont nous avons hérité.

Nous avons tout critiqué, et certaines fois réussi à foutre par terre différents trucs vieillis, mais nous n'avons rien construit ni rien mis à la place d'un point de vue de l'organisation, d'un point de vue de l'utopie, d'un point de vue de la perspective pour les exploités et opprimés. [...] Finalement, nous n'avons jamais rien imaginé. Nous avons seulement recyclé d'une manière dilettante le syndicalisme rêvé, l'en-dehors des copains du début du siècle, le démocratisme [...].

Nous n'avons gagné aucune grande bataille. Nous n'avons pas été à l'égal des vieux du début du siècle créant les assos ouvrières ou de leurs enfants "antifascistes" nous offrant au moins le *Welfare State* et participant aux libérations anticoloniales. Et que dire des générations plus anciennes! Nous n'avons pas été à la hauteur des vieux d'avant inventant les barricades et le socialisme utopique.

Et je nous mets dedans, même nous qui avons tout donné pour le combat. Je peux parler de notre génération sans en faire une affaire personnelle [...].

Oui, nous (ceux qui à un moment donné ont pris les armes) avons été défaits, certes! Mais en combattant. Le pire, c'est qu'une grande partie de notre génération ne s'est même pas battue ou a fait semblant... du bout des lèvres.

Pour l'instant très dépolitisée, dépourvue (par notre faute) d'une véritable idéologie-utopie de libération, la génération qui se lève ne parvient pas à saisir là où nous avons failli. Elle nous regarde avec surprise et condescendance [...]. »

Moi aussi, je voulais être du côté de ceux qui s'organisent. Plutôt de ce côté-là que de l'autre. Celui des patates. Parce que je venais des patates. Je venais superlativement des patates. Des générations d'ouvriers agricoles me précédaient, qui avaient dû passer une partie de leur vie à les planter, les patates. Au tournant XIXe-XXe, ils étaient passés à l'usine, toujours en cultivant leurs patates parallèlement, pour pouvoir bouffer; mais ça n'avait pas duré longtemps, les usines avaient fermé, les jeunes étaient devenus employés dans des banlieues, rêvant aux patates, au moment où ils pourraient enfin reprendre leur culture. Toute mon enfance, et toute ma jeunesse, j'avais habité Pierrefitte, qu'on appelait Pommes de terre frites; alors j'en connaissais un bout, sur les patates. Logiquement, ce qui me touchait le plus, chez Artaud, c'était quand les autres, ceux qui s'organisent, étaient venus le visiter, à l'asile, en pleine guerre, et qu'il leur avait hurlé pour toute réponse qu'il voulait des patates. Des patates. Car il crevait de faim. Mais quand on a vécu si longtemps parmi les patates, patate soi-même, et qu'on s'est toujours sentie comme un sac, un jour évidemment on quitte Pommes de terre frites. On écrit des livres. On écrit ce livre, qui est un anti-patate. Pourquoi pas plutôt un livre-patate, un style-patate, me suggère-t-on. Vous pensez peut-être qu'un livre-patate, ça serait plus naturel, chez moi? (le prochain qui me sort ça, je crois que je lui en colle une). J'écris des livres anti-patates : la patate y est contenue.

*

Et pourquoi pas un roman? Pourquoi pas le roman? Ou un récit?

Allez, un petit récit…

C'est que le roman avait déjà été écrit, et publié par P.O.L en janvier 2009.

Dans *Les Jumelles*, Pierre Alferi racontait comment Horacio Picq, conspirateur révolutionnaire déguisé en doctorant, séquestré dans un fort breton pendant le week-end de Pâques par une geôlière ambiguë, découvrait que cette geôlière qu'il avait crue une, puis deux (jumelle), n'était qu'un des membres de la conspiration et non un agent de l'État et que, tombée amoureuse de lui, elle avait décidé, en quelque sorte, de se le garder pour elle et de profiter de la situation pour en obtenir les faveurs et la grossesse désirée.

L'histoire d'une histoire comme celle-là, dans un contexte comme celui-là (janvier 2009, le principal inculpé, l'inculpé des inculpés, est encore en prison), ne se limite pas à sa publication, aux quelques critiques parues dans la presse ou sur internet, et à un chiffre de vente à 2 ou 3 zéros. N'aurait pas dû se limiter à ça – comme tous les livres qui placent le lecteur dans une situation délicate (délicate, irritante, intenable), dont le cœur est la préparation d'un piège qui fait de l'anticipation des réactions du lecteur pris à ce piège l'un des motifs, voire l'enjeu, de la littérature.

Mais si la littérature est une fête, qui pour y voir encore un piège possible; un enjeu?

De quelques lecteurs consultés, on en pouvait conclure : soit que ce livre, *Les Jumelles*, en douchant l'enthousiasme pré révolutionnaire de la communauté des lecteurs remontés, les préparait bien mieux à l'action qu'un pamphlet ou qu'un bréviaire; soit qu'il était moralement condamnable, sinon dès la page 22 (l'entrée de la geôlière dans la chambre d'Horacio Picq), au moins au chapitre 17, dernier chapitre, où la geôlière révélait tout de ses intentions.

Eh bien, il suffit de récrire le chapitre 17, m'étais-je dit, un temps, mais sans penser plus que ça à ce qu'on pourrait y mettre ni à ce que j'y mettrais, moi. Une chose était sûre : l'insurrection (que la geôlière avait fait miroiter à Picq, dans l'espoir peut-être de maintenir son excitation à un niveau érotique suffisant – mais les révolutionnaires baisaient-ils tous beaucoup? Rien n'était moins sûr; un révolutionnaire libidineux ne pouvait se consacrer pleinement à sa tâche; Picq, dans son attente impatiente d'action politique plus que d'action sexuelle, aurait dû tourner en rond dans sa chambre, défoncer le placo à coups de poing et non caresser sa geôlière), l'insurrection, donc, n'avait pas eu lieu (et, l'apprenant, je me souviens avoir soupiré intérieurement : oh, non… je m'en doutais, mais quand même… il aurait pu surseoir. Surseoir? Différer de quelques pages – ou alors nous montrer Picq défonçant le placo à coups de poing, s'évadant, un Picq soulevé à lui tout seul, et pas par sa geôlière (qui était grosse et forte), oui, j'aurais différé de quelques pages l'annonce de la non-insurrection, du fait qu'en vérité il n'y avait pas eu d'insurrection; seule l'insurrection qui n'est pas venue peut encore venir, mais une insurrection qui vient d'échouer ne repousse pas seulement sa venue, elle fait douter qu'elle advienne jamais). Ainsi, une chose était sûre, c'est que l'insurrection n'était pas venue.

Dans ce livre, naturellement. Les insurrections qui arrivent dans des livres n'arrivent pas, donc autant ne pas les faire arriver du tout (pourrait être la morale classique de l'histoire de cette histoire). Seule une insurrection qui, dans un livre, n'arrive pas, n'arrive pas. Refuser qu'une insurrection arrive dans un livre est en quelque sorte une question d'honnêteté. Le romancier ne ment pas.

Doit-il pour autant engrosser la geôlière? C'est pousser un peu loin. C'est même un brin limite.

L'insurrection ne peut pas avoir lieu dans un livre. Quelque chose a lieu dans un livre. Autre chose qu'une insurrection aura donc lieu dans ce livre.

Une grossesse, par exemple. C'est assez fort pour concurrencer une insurrection. Oui, mais un tremblement de terre aussi (par exemple). Ou alors l'assassinat du président des États-Unis. Non, c'est un peu trop. Disons, la mort du président de la République française. Ça, c'est à la hauteur d'une bonne grossesse, en littérature.

Chapitre 18 : Picq, agacé de s'être fait rouler dans la farine par sa geôlière – qui plastronne déjà avec son gros ventre –, lui colle une patate, ce qui l'étale au sol (avorte, tiens!), sort du fort, gagne la gare, et lit en Une de *Libération*, *Le Monde*, *Le Figaro*, etc., que le président est mort (insolation, indigestion, grippe, etc.). Ni une ni deux, il gagne Paris, organise ses troupes, déclenche simultanément l'insurrection à Paris, Lyon, Marseille. **Fin du roman.**

Fin du roman, mais *nul dénouement prescrit*, écrit Pierre Alferi – comme je lui demandais de ne pas me laisser avoir le dernier mot quant aux *Jumelles* :

Blanqui voit l'Histoire comme un chaos, une guerre que les riches font aux pauvres, où les victoires sont provisoires, où le « progrès » n'est que le mythe des vainqueurs, et la « nécessité » qu'un leurre. Matérialiste, athée, communiste avant Marx, mais inconsolable (« on ne se console que trop »), il s'abstient de tout raisonnement dialectique, donc de toute promesse. Je n'ai pas lu dans *L'Éternité par les astres* un cauchemar cyclique offert à la bourgeoisie triomphante, mais une expérience de pensée qui permet d'affirmer hautement que chaque événement (politique) peut ne pas être – comme l'éternel retour nietzschéen, qui vient sceller la pleine affirmation du devenir.

épilogue 1.

Juillet avançait, tandis que j'allais à T., et chaque fois que je revenais de T., juillet avait avancé un peu plus et les tomates, devenues

---

Si l'insurrection du printemps 2009 n'a pas lieu, cela ne veut pas dire qu'elle n'était pas possible, et ce qui vaut pour l'Histoire vaut pour toutes les histoires vraies : nul dénouement prescrit – contingence radicale. Pour m'en tenir à la mienne, Picq voit successivement, dans le ciel de Blanqui, un « embrasement par entrechocs » et un coït cosmique, des mondes parallèles et des révolutions toujours possibles – il parle alors par jets, « en vers ». Quant à la grossesse, il se trouve dès le début dans son orbite. Petit corps retenu par les entrailles du fort, captif infantilisé, cajolé par sa geôlière, il rêve de renaissance astrale autant que de coup d'État.

entre-temps mes tomates, poussaient, c'est-à-dire que leur tige, surgeons ôtés, s'était dilatée et munie d'un duvet tout du long, et qu'aux fleurs de petites boules avaient crû, petits pois plus ronds de jour en jour, peau brillante et bien tendue, de la taille à présent de couilles posées l'une sur l'autre – je me souviens qu'en argot portugais on appelle tomates (toumatech') les testicules.

Évidemment, de véritables testicules n'ont pas cette peau brillante et toujours tendue. En passant un index sur des bourses, on peut en suivre les irrégularités, la chair de poule qui s'exprime là, les fanons qu'elles présentent lorsqu'elles ne sont pas pleines et qui en font des balles de ping-pong posées dans des sacs et qu'on soupèse au creux d'une paume, à la fois molles et compactes comme les petites boules cachées des seins d'enfance, vers dix ou onze ans, et puis leur facture plus affirmée quand elles se gonflent – pas d'orgueil, c'est un processus tout à fait naturel; ce qui ne signifie pas que c'est mécanique, du tout du tout, cela ne se fait pas sans soi, sans son cerveau, sans sa participation, mais enfin plutôt qu'orgueil il faudrait dire autre chose; cela se gonfle de précontentement, peut-être, à la perspective d'un contentement plus grand, plus grand au sens de très très grand, puisque cela rend demi-fou au moins quelques secondes, demi-fou avant, demi-fou pendant, donc on regrette et on espère que cela finisse, et on valse ainsi entre espoir et regret, regret et espoir, ping et pong; c'est sûr que cela ne forme pas une communauté, encore moins un couple, mais une sorte d'art, l'art du toucher, du tâter, du cerner, du circonvenir, de l'intellection sensible; car **la couille est sans pourquoi** (en quel honneur la rose serait plus digne et plus belle ou plus sans pourquoi encore?).

La couille est sans pourquoi, allusion au célèbre « La rose est sans pourquoi », d'Angélus Silesius.

épilogue 2.

Blanqui (Auguste) avait un frère, Adolphe.

Alors qu'Adolphe regrette le coup de force montagnard de 93, il est dit, dans l'introduction à *Maintenant, il faut des armes*, qu'Auguste ne se pose en effet à aucun moment la question de la violence révolutionnaire. Les deux frères divisent ici, et se répartissent de manière un peu pratique un débat qui se tient en général dans une seule tête, bien qu'il soit toujours public – on ne débat en interne que sous les yeux des autres.

Auguste suivrait sans interruption une ligne qui serait la sienne? Mais c'est une ligne commune, et donc sujette à discussion, espoirs et regrets. Si rien n'est si mobile que la situation, alors rien n'est si mobile que l'état d'une question. C'est la paralyser que de la résumer ainsi par souci d'efficacité : il suffit de distinguer entre l'existence médiocre qui est flottement, navigation à vue parmi les possibles, et l'existence décidée qui s'est une fois attachée à une vérité et chemine, et opère, depuis là.

Donc, Auguste n'aurait jamais flotté? Ou mieux vaut présenter, étant donné la situation, un Auguste plombé? Quand ce livre paraîtra, s'il paraît, je regretterai peut-être d'y avoir baladé un Auguste flottant, et je regretterai de nombreux paragraphes plombés; l'Auguste flottant en moi – c'est-à-dire l'Adolphe – dira : Tu plombes trop, cependant que l'Auguste plombé dira :

Regarde ça, quelle lâcheté, tu discutailles, tu passes du franquisme à Lire en fête, est-ce que tu pourras seulement **rouler des tracts** dans ta selle de vélo le moment venu? – Enfin, Auguste, tu crois qu'on passe directement aux tracts dans la selle de vélo sans discutailler avant? – Peut-être, mais la discussion porte sur les tracts, ou sur le vélo – Moi, je crois que j'ai bien serré mon sujet; je l'ai même serré au maximum, par les temps qui courent et qui sont bien flottants, tu l'avoueras – Tu discutailles et tu critiques, Adolphe; ça ne va engendrer que discutailleries et critiques – C'est compter sans le contexte, Auguste! La situation n'est pas mauvaise; elle est même, pour ainsi dire, et toutes proportions gardées, quasi excellente! – Excellente ou pas, y a plus personne pour raccrocher la littérature au contexte; elle est en orbite. T'es un naïf, Adolphe; t'aurais mieux fait d'écrire

---

Rouler des tracts dans ta selle de vélo : pour les faire passer clandestinement, bien sûr!

un petit manuel, un petit manuel pratique, sans chichi, ou un vrai pamphlet; t'aurais été plus utile à tes contemporains – C'est pas toujours ce que t'as fait – Comment ça, c'est pas toujours ce que j'ai fait?! T'es révisionniste, maintenant, Adolphe? Allez, ça m'étonne pas de toi – Parce que *L'Éternité par les astres*, c'est un « petit manuel pratique », peut-être? – Ah, je m'y attendais, à celle-là; elle est même bien bonne. La vérité, c'est que tu sais pas lire! – Qu'est-ce que tu veux me faire croire, Auguste? Que t'as glissé le plan de l'attaque du palais d'hiver dans la description de la Voie lactée?! – Vaut mieux être un bon lecteur, dans la vie – Ouais. Et un bon poète – D'abord, un bon lecteur – Parce que c'est toujours le moment d'écrire un petit poème en prose, pas vrai? – Qu'est-ce que c'est que ce paradoxe? – T'aimes bien ça, toi, les poèmes en prose! – Comment ça j'aime ça?! – Reprenons l'histoire de ces nihilités chevelues. Si elles évitent Saturne, c'est pour tomber sous la coupe de Jupiter, le policier du système. En faction dans l'ombre, il les flaire, avant même qu'un rayon solaire les rende visibles, et les rabat éperdues vers les gorges périlleuses. Là, saisies par la chaleur et dilatées jusqu'à la monstruosité, elles perdent leur forme, s'allongent, se désagrègent et franchissent à la débandade la passe terrible, abandonnant partout des traînards, et ne parvenant qu'à grand-peine, sous la protection du froid, à regagner leurs solitudes inconnues. Si c'est pas du poème en prose, ça! On dirait du Ponge! – Bah oui. Il a dû en lire un paquet, de prose scientifique, ton Ponge. En attendant, c'est bien ce que je disais : tu sais pas lire. Si elles évitent Saturne, c'est pour tomber sous la coupe de Jupiter, le policier du système. En faction dans l'ombre, etc. – Ouuuuh… tu veux dire que c'est codé? Tout est codé?! – Parce que tu crois que je me serais crevé le cul en taule, dans ma cave voûtée, humide, froide et pavée, sur ma table constamment bancale, à bouffer des barquettes de confiote, à deux doigts de clamser, tout ça pour écrire un poème... – J'en connais qui le feraient – ... sans penser à la postérité, à ce que je pourrais lui léguer, vous léguer, pour achever l'œuvre... – Moi, je pensais que c'était juste pour te faire bien voir, à ton procès; ça passe toujours mieux quand on est écrivain – L'un n'empêche pas l'autre, Adolphe. Une phrase bien écrite, des fois c'est six mois de plus – Mais des fois c'est six mois de moins. Penses-y, et surveille ta syntaxe et ton orthographe, s'il te plaît. Quand je pense que vous avez pris ça au pied de la lettre... comme un hommage aux comètes... quelle bande d'abrutis... – Et tu veux dire que tout y est?! Qu'il y aurait de quoi... achever l'œuvre?... – Oh! par exemple, halte là! il faut arrêter les mots au passage pour vérifier leur contenu. Nébuleuse est suspect. Qu'est-ce t'en dis? Si c'est pas de l'indication, ça! Et sur un ton bon enfant, note bien; pas de provocation inutile – Alors, *L'Éternité par les astres*, ce serait quelque chose d'encore plus radical que les *Poésies* d'Isidore Ducasse? C'est ça que tu veux dire, Auguste? – Ben, ça a été écrit à la même époque, note bien; faut croire que c'était dans l'air – Si je le dis, personne va me croire… – Peu importe. Il suffit de savoir que **Bonaparte ne remporte pas toujours ailleurs la victoire de Marengo.**

La dernière phrase est extraite de *L'Éternité par les astres* (p. 318 et suivantes, in *Maintenant, il faut des armes* (*op. cit.*)).

Le début de cet épilogue revient sur la préface du livre, rédigée par « un des agents du Parti imaginaire ».

ANNEXE

Note p. 46

Concernant le style insurrectionnel, cette précision : contrairement aux « confrères » visés par Kant dans un court texte de 1796 (*D'un ton grand seigneur adopté naguère en philosophie*), il n'y a dans ces textes (L'IQV, *Tiqqun*, ou certains paragraphes d'Agamben dans *La communauté qui vient*) aucune prétention à « penser par le sentiment » (ou le pressentiment), mais c'est comme s'ils étaient tout imprégnés de sentiment (le sentiment d'*avoir les boules*, par exemple), et comme si tout l'effort théorique, laborieux, dont la nécessité est réitérée par Kant (sinon l'on ne philosophe pas, on *fait le philosophe*), naissait de cet *avoir les boules*, assez puissant pour s'être substitué à ce qui « démarre » classiquement l'activité de philosophe – l'étonnement –, ou – moderne – la volonté de changer le monde; comme si l'intensité de l'expression (poétique) de ce sentiment était seule à même de réveiller un élan (lyrique, donc) révolutionnaire. À la fin de son texte, Kant ajoutait une note, et dans cette note, ces quelques lignes finales : « Au fond, c'est bien toute philosophie qui est prosaïque, et proposer aujourd'hui de se remettre à philosopher poétiquement pourrait bien passer pour proposer au boutiquier de ne plus écrire désormais ses livres de compte en prose, mais en vers. » Que le boutiquier se soit fatigué d'écrire en prose, c'est une chose; qu'il soit persuadé que *ça ne peut marcher* qu'en passant par le vers (où l'expression lyrique), dans une sorte de *mimesis tonale*, en est une autre. Mais de quel *autre* ce ton est-il *pris* – pour reprendre les mots de Derrida dans son commentaire du texte de Kant? De qui, ces assertions, ces futurs, ces présents prophétiques, ce goût de fin, ce pari sur l'avenir écrit dans une langue qui est un pari sur le patrimoine? Importe plus que de donner des noms la redite d'une croyance dure comme fer que c'est *dans* cette manière que cela s'est dit et doit se dire; l'enjeu, ce n'est pas la castration de la raison, mais la barre mise assez haut pour interdire à toute autre rhétorique de passer par-dessus.

Kant, *Première introduction à la faculté de juger et autres textes* (Vrin, 1997).

Derrida, *D'un ton apocalyptique adopté naguère en philosophie* (Galilée, 1983-2005).

Note p. 79

À voir. À cette série contestable – et qui ne demandait qu'à être contestée –, Jean-Paul Curnier a bien voulu apporter une réponse :

Chère Nathalie,
Quelques précisions

Oui, il me faut apporter pas mal de précisions si l'on veut que cette discussion porte sur le fond du fin fond de la surface.

1. J'écris : « Le peuple a disparu, c'est une sérialité de masse qui l'a remplacé. » Je ne parle pas de sociologie ou d'ethnologie de la composition des sociétés mais de victoire temporelle d'une stratégie de gouvernement, de contrôle et de domination de la part de ceux à qui le mode d'existence humaine en cours dans cette société convient tel qu'il est. Je veux dire que l'individualisation, c'est-à-dire la façon pour les pouvoirs en place – de l'État aux entreprises jusqu'aux chefaillons les plus insignifiants – de s'adresser à la collectivité, repose sur l'adresse à l'individu. Un des exemples les plus frappants étant le traitement des « victimes » avec cellule psy à l'appui pour traiter d'un problème général qui touche tout le monde (tremblement de ceci, écroulement de cela, submersion du reste). Cette méthode marche assez bien (une méthode à l'ego, en quelque sorte) puisqu'elle « accorde » à chacun une reconnaissance de pacotille qui le « distingue » et semble hausser l'individu hors de l'anonymat de la masse. Si bien que ce qui vient

directement à la conscience c'est que l'ennemi principal c'est l'anonymat des foules et non la machinerie qui fait de lui un être sur mesure, formaté pour les besoins. Toute la publicité (« envie de dodo? envie de câlin, envie de douceur », etc.), et tout discours politique, est fondée maintenant là-dessus en appuyant ce principe sur un gâtisme de parent parlant de manière débile à un enfant. Le pouvoir « pouponne » et invite à faire l'âne pour avoir du foin. Mais j'insiste aussi : dans le peuple, l'envie de fuir le peuple a toujours existé au même titre que la tristesse d'avoir à le trahir en passant « de l'autre côté »; du côté des « distingués », des nantis, petits et grands bourgeois.

2. Je dis plus loin que le peuple est une possibilité de la masse (en résumé), qu'il n'existe pas en tant que tel de manière durable. Je dis que c'est cette possibilité qui est la cible de l'organisation politique. Cette possibilité, c'est celle d'un peuple de Paris se constituant et se nommant lui-même comme ça (« peuple ») en 1789 par

opposition à la noblesse, au clergé et au tiers état qui ne représentent pas, alors, sa réalité sociale et politique. Sa réalité collective, il la construit dans la rue, il la formalise à ce moment-là; jusque-là elle est virtuelle mais pas observable. Puis, le peuple se formalise à nouveau en 1830, 1848, en 1870, etc. Je veux dire que le Peuple n'est pas une « réalité dormante » qui se réveille à chaque grand rendez-vous de l'Histoire comme le disent les chansonnettes communistes effrontément démagogiques, mais quelque chose qui dépasse tout un chacun, qui est ingouvernable en tant que tel et sur quoi nul n'a de prise, cela, malgré tous les efforts de recherche sociologico-policière entrepris depuis lors pour le domestiquer. Quelque chose qui répond à la solitude devant le pouvoir par une similitude profonde de condition et de perception de soi, du présent et de l'avenir. Cet appel à la similitude est un pari. Du même genre que l'amour.

Le centre d'intérêt d'une domination parfaite c'est de prévenir tout recours au peuple quand ça va mal. La mise en place des Assedic est selon moi un des instruments les plus efficaces de destruction de toute possibilité d'un peuple comme recours dans cette solitude de condition, il y est substitué la « puissance publique ».

3. Quoi du peuple alors par ces jours d'émeute?

Un détour : le Peuple (c'est ce que j'ai écrit plus tard) est fait de la communauté de ceux qui n'ont pas de place (qui ont en commun le fait de « n'avoir pas » quelque chose qui fait qu'on n'est pas une bête isolée dans une société). En ce sens un peuple est ce qui se montre pour échapper à l'invisibilité où l'absence de pouvoir sur son destin social le condamne. Le « Peuple » est la réponse par les faits – par le peuple – à l'absence d'existence dans la vie collective. Le peuple serait ce qui se montre et exerce un pouvoir (celui de prendre la rue, l'espace public, de saccager, détruire ou construire autrement) quand il n'y a pas d'autre possibilité. Prendre même « tout » le pouvoir est ce qui donne raison à chacun d'avoir pensé que tout n'était pas fichu. Au risque évidemment, pour chacun, de sa propre vie. Le peuple apparaît alors comme étant le but a posteriori de tout cet ébranlement populaire.

Cela implique que le peuple ne peut jamais être ce qu'on attend, il est même exactement ce que l'on redoute quand on est du côté des gens qui ont une place (bonne ou mauvaise, importante ou négligeable) dans la société tout simplement parce que le peuple c'est une collectivité qui force au partage par la menace de la rue, de la grève, de l'émeute, ou du sabotage. Le peuple est ce qui ne correspond pas à ce que l'on attend quand on parle du peuple. Le Peuple est ce sur quoi reposent la république, la démocratie, la constitution, le droit, etc., mais il est exactement l'ennemi de tout pouvoir quand il n'est pas conforme à son profil (tout pouvoir à pour ambition d'amener le Peuple à ce qu'il « doit » être selon lui; c'est une maladie politique).

Retour : le peuple est redouté par principe par ceux qui ont une place dans la société « quelle qu'elle soit ». A fortiori : par ceux qui ont peu de place et qui voient chez ceux qui en ont encore moins la menace d'avoir à partager le peu qu'ils ont. Cela permet de penser autrement le vote massif dans anciens prolos électeurs communistes pour le FN et le vote pas moins important pour le même FN chez les immigrés (italiens, arméniens, grecs, portugais et nord-africains) des quartiers nord de Marseille. En trente ans passés dans les environs, j'ai entendu dans tous les accents possibles crier « les étrangers chez eux ».

Émeutes dans les banlieues. J'ai écrit un texte féroce là-dessus dans *Lignes* (n° 21, novembre 2006) pour dire que je ne vois rien, aucune palpitation d'avenir ni de dignité reconquise dans ces émeutes de banlieues. Rien qui ressemble à ce que les Panthères noires ont fait aux USA, au prix de leur vie et non d'une place dans le hit-parade hip hop, et qui correspond à l'insurrection d'un peuple pour forcer l'Amérique à regarder en face une nouvelle réalité : le pouvoir noir. Le black power, ça ne consistait pas à brûler des voitures pour protester; tout le monde proteste, et c'est toujours à terme pour appeler le pouvoir à exercer le pouvoir – en sa faveur, peut-être, contrairement à l'ordinaire – mais à exercer le pouvoir tel qu'il est, pas à le modifier, à le détruire ou à le repenser. Tout pouvoir a intérêt à ce que l'on proteste mais qu'on s'en tienne là; il répond par l'écoute, la compréhension, la matraque et des marshmallows – toujours la pouponnière). Le surgissement d'un peuple ne peut pas plaire en premier temps au peuple existant. C'était déjà le cas en 1789 comme ça l'a été pour les émeutes noires de Watts (Los Angeles, ville de fric et de blancheur bourgeoise) en 1965 d'où sont sortis les deux mouvements révolutionnaires noirs (le Black Panther Party et le Black Power), avec remake en 1992.

Non, je ne vois pas la figure d'un peuple possible dans les mises à sac des banlieues parce que je n'y vois pas l'essentiel selon moi : une autre pensée de la vie collective, la reconquête d'une dignité collective englobant les parents, les ancêtres, une réappropriation de l'histoire collective des origines à ce jour, une autre direction d'avenir pour l'ensemble; et surtout, une réflexion, même incompréhensible, sur le pouvoir et les finalités (de l'argent, des institutions, des bienfaisances diverses, de l'école, des hôpitaux, etc.). Brûler une école ne tient pas lieu de pensée. Au contraire, cela évite d'avoir à penser la nécessité d'une école pour sortir un peuple (un peuple justement!) du marasme et de l'ignorance où il est sciemment tenu. Au contraire, la démonstration incendiaire spectaculaire, sans réflexion profonde ni parti pris d'un avenir commun, ne parvient qu'à nier la question de la finalité de l'école en revendiquant l'ignorance, c'est-à-dire la condition expresse de toute soumission. Quand je verrai apparaître des écoles parallèles « free schools comme celles qu'ont créées les Black Panthers », des institutions nouvelles pour la collectivité, même embryonnaires ou hasardeuses, arrachées au fatalisme, des formes d'entraide parallèles, des formes d'économie et d'épargne parallèles (et non un plus vaste marché de la dope pour petites frappes dont l'ambition se tient dans une carrosserie BMW), alors je commencerai à me réjouir de l'arrivée d'un peuple et donc aussi d'un avenir possible à l'état d'infâme goujaterie et de bassesse où est tombé notre monde.

Mais il y a dans la focalisation sur les banlieues – des banlieues comme *ce qui reste* du peuple – un effet de leurre (pour rappel c'est ce sur quoi insistait lourdement le sinistre Jack Lang qui voulait qu'on regarde toute banlieue de la sorte, comme un peuple aimable malgré lui). Et ce leurre, selon moi, tient en ceci que les jeunes et moins jeunes des banlieues en question n'ont aucune place dans l'économie autre que celle de consommateur, qu'ils n'ont aucun rôle dans la fabrication des conditions de la vie matérielle de tous, ils en sont écartés. Et c'est pourquoi selon moi ils peuvent hurler et brûler tant qu'ils veulent, de fait, ils ne menacent rien. Ils confirment par leur manque d'imagination et d'ambition l'insignifiance sociale qui est la leur d'absence dans la réalité collective de fabrication des conditions de la vie commune; ils sont à tous les points de vue périphériques. Et c'est sans doute pourquoi il n'y a pas chez eux d'autre discours que celui de la protestation, de la plainte, de la victimisation, etc. Aucune trace de ré-invention. Ils ne participent à aucune forme de production de leur existence ni de l'existence en général, voilà pour moi où se situe le problème. Et effectivement, ils ne peuvent pas penser en termes de collectivité à venir parce que leur présent est individualisé (dans les allocations, les dossiers, les réclamations, les manœuvres à composer avec les assistantes sociales) et jamais en situation de collectivité de production quelconque, même invisible, au moins de statut identique. Leur statut est celui d'immatures sociaux, et c'est de là qu'il faudrait qu'ils sortent d'abord.

4. Pour finir : oui, je vois la possibilité nouvelle d'un peuple (et je ne dis pas qu'un peuple existe et qu'on ne le voit pas ou qu'on ne veut

pas le voir); fait de ceux qui sont au plus bas, dont personne ne veut et qui travaillent dans une illégalité complète mais travaillent. Je parle de ceux qui peuplent les camps dits de rétention et qui n'ont aucune identité, aucun statut sauf celui de mains laborieuses, aucune visibilité. Ils sont déjà près de trois cent mille dans les différents camps d'Europe à vivre sans existence sociale et à travailler un peu partout (même à la SNCF) à mi-chemin entre bêtes et hommes. Et pour ceux-là aucune individuation possible pour l'instant. Le surgissement de ce peuple-là de « sans place » n'est pas du goût de tout le monde. Il n'est même, ne serait-ce que comme éventualité, du goût de personne. C'est même à cela que l'on peut voir qu'il est fait pour devenir peuple. Ou rien.

Cher Jean-Paul,

Merci pour cette magnifique suite,

et pour continuer la discussion :

Je reste juste dubitative quant à l'opposition faite entre une partie vertueuse du peuple (les sans-papiers, qui travaillent) et sa partie viciée, en quelque sorte (les « jeunes des banlieues » qui ne pensent qu'à *en* profiter et sont inclus – absorbés – malgré eux dans ce qu'ils fustigent). Or, sans vouloir dégager à tout prix une avant-garde, *tous* les « jeunes des banlieues » ne me semblent pas être des malgré-eux ou des idiots inutiles (cf. le texte commun rédigé par l'un des inculpés de Villiers-le-Bel et l'un des inculpés de Tarnac, *Fallait pas nous mettre dans la même prison* : http://bellaciao.org/fr/spip.php?article94490).

Chère Nathalie,

Le peuple, les banlieues (une suite à la suite),

Je ne crois pas avoir laissé entendre d'une quelconque manière qu'il pouvait y avoir quelque vertu immédiatement révolutionnaire (« par nature » en quelque sorte) dans le fait de travailler ou pas. Je veux simplement insister sur le fait que la situation d'exclus du processus de production des conditions sociales d'existence commune ne prédispose pas à une pensée sur la modification de la production de ces conditions matérielles. C'est pourtant lorsqu'un mouvement social parvient à se poser concrètement ces questions et à imaginer des actions ciblées en ce sens qu'il cesse d'être l'expression de ceci ou de cela pour devenir une force de mise en mouvement et pour exprimer autre chose que son existence propre et le tort qui lui est fait.

L'exclusion de la production a pour première conséquence l'exclusion de la sphère de l'échange donc aussi de l'autorité que confère le fait d'être socialement actif dans la production de la richesse collective. Le fait d'être exclus de la production – mais pas de la consommation, grâce aux allocations diverses – fait des jeunes des banlieues, plus exclus encore que les autres, des immatures maintenus dans un statut d'enfants, hors de tout échange précisément, qui consomment et ne produisent pas. Et cette situation implique un rapport de dépendance mentale (y compris dans la révolte) identique à celle de l'enfant dans la famille. Ce qui exige, pour aboutir à une pensée à hauteur d'insurrection, une échappée hors de cette condition mentale infantilisante d'immatures assistés. C'est là une situation nouvelle en France et ailleurs, et décisive pour ce qui nous occupe.

C'est donc moins le fait qu'ils « ne pensent qu'à profiter » qui est en question à mes yeux que la situation où ils sont maintenus et qui les a contingentés à cette seule part de l'existence collective. Mon argument cherche à regarder les difficultés en face : le type d'actions qui est le leur pour l'instant – actions de rue et d'embuscades – les porte à une intelligence de la férocité et des moyens d'action des forces de police mais pas du pouvoir qu'elles servent et encore moins à une intelligence de la nature absolument similaire d'autres pouvoirs aussi abjects qui leur sont souvent familiers : celui du fric, de la famille, de la religion, des boss et des caïds – j'insiste. Et je ne dis pas qu'ils font le choix idéologique qui n'est pas le bon, je dis que dans la position sociale où se trouvent il leur faudra faire un effort considérable de saut par-dessus la conscience immédiate de leur situation pour envisager à eux seuls leur avenir autrement qu'en affrontant la police et en défendant leurs bastions HLM. Et ce saut devra être aussi important au moins que celui qu'ont fourni les noirs d'Amérique du Nord pour briser le bocal où ils étaient enfermés car il leur faudra, comme eux, reconnaître aussi ce qui, en eux, collabore au système qui les méprise et les détruit.

Et la morale de tout ça, si morale il doit y avoir, c'est que ce passage à une autre forme de lutte et de critique en actes ne sera réellement opérant que s'il est aussi pris en charge de l'autre côté de la société, du côté des jeunes

Blancs enfants de la petite et moyenne et grande bourgeoisie, cela au nom d'un idéal de peuple et pas seulement d'une « défense des valeurs universelles ». Tout cela ne peut avoir de réelle force que si c'est une conquête qui est en jeu, quelque chose de neuf comme promesse de vie de tous.

Cela étant, et pour rester dans les limites d'un ajout à ce qui était une suite, ces insurrections ne sont pas pour moi sans importance, bien au contraire. Je tiens à être clair là-dessus. Parce que l'expérience de la violence et de l'organisation des affrontements à échelle d'un quartier ou d'une ville est une expérience essentielle qui ne laisse pas indemne. C'est une expérience fondamentale de soi, de la ville, du pouvoir, de sa force, de ses faiblesses, de sa violence, expérience des autres et de la réalité. C'est une expérience qui transforme parce qu'elle est marquée par la rencontre avec la vraie nature de ce monde, sa réalité en actes. Ceux qui y auront participé, de près ou de loin, ne sont déjà plus les mêmes et si leur pensée n'aboutit pas pour l'instant à quelque chose de nouveau, ils ont en eux les conditions d'une pensée nouvelle sur la nature de ce monde et sur leur place dans le monde. Parce qu'elle est cette école-là de la réalité du monde et de soi, la violence est un remède au désespoir des laissés-pour-compte, le seul qui existe.

Note p. 81-82

« Les hommes font leur propre histoire, mais ils ne la font pas arbitrairement, dans les conditions choisies par eux, mais dans des conditions directement données et héritées du passé [...] Et même quand ils semblent occupés à se transformer, eux et les choses, à créer quelque chose de tout à fait nouveau, c'est précisément à ces époques de crise révolutionnaire qu'ils évoquent craintivement les esprits du passé, qu'ils leur empruntent leurs noms, leurs mots d'ordre, leurs costumes, pour apparaître sur la nouvelle scène de l'histoire sous ce déguisement respectable et avec ce langage emprunté. C'est ainsi que Luther prit le masque de l'apôtre Paul, que la Révolution de 1789 à 1814 se drapa successivement dans le costume de la République romaine, puis dans celui de l'Empire romain, et que la Révolution de 1848 ne sut rien faire de mieux que de parodier tantôt 1789, tantôt la tradition révolutionnaire de 1793 à 1795. C'est ainsi que le débutant qui apprend une nouvelle langue la retraduit toujours dans sa langue maternelle, mais il ne réussit à s'assimiler l'esprit de cette nouvelle langue et à s'en servir librement que quand il arrive à la manier sans se rappeler sa langue maternelle, et qu'il parvient même à oublier complètement cette dernière. [...] La révolution sociale du XIXe siècle ne peut pas tirer sa poésie du passé, mais seulement de l'avenir. Elle ne peut pas commencer avec elle-même avant d'avoir liquidé complètement toute superstition à l'égard du passé. [...] Autrefois, la phrase débordait le contenu, maintenant, c'est le contenu qui déborde la phrase. » (p. 15 et 18 du *18 Brumaire de Louis Bonaparte*, Karl Marx, éd. sociales, 1969).

Marx parle de liquider non le passé, mais les *superstitions* à l'égard de ce passé.

Savoir si le contenu déborde enfin la phrase, ou si c'est encore la phrase qui déborde le contenu, c'est tout le problème – et de repérer précisément à quel moment le contenu va déborder la phrase.

Note p. 85

En 1978, dans *La Repubblica*, pendant l'enlèvement d'Aldo Moro, Umberto Eco publie un article où il écrit : « Au contraire, après avoir découvert, bien que grossièrement, un principe important de la logique des systèmes (l'analyse d'un gouvernement mondial des multinationales, nda), les Brigades rouges répondent avec un roman-feuilleton digne du XIXe siècle, fait de vengeurs et de justiciers habiles et efficaces comme le comte de Montecristo » (p. 113, in *La Guerre du faux*, « Les Cahiers Rouges », Grasset, 1985), phrase qui pose la question *des* imaginaires politiques modernes et non simplement de l'imaginaire révolutionnaire des Brigades rouges, puisque, après tout, suggérer qu'une révolution « logique », pensée avec la rigueur avec laquelle on analyse un système, aurait eu plus de chances d'être efficace, ressortit autant à un imaginaire *digne du XIXe siècle* que le roman-feuilleton.

Cela dit, la constance nouvelle avec laquelle on, de gauche, en appelle à la réactivation d'un imaginaire révolutionnaire, à l'utopie, etc., pourrait faire douter du réel désir de on (sa volonté ne faisant pas de doute) que s'enclenche *réellement* quelque chose, tant on sait bien, lui, à quel point les dernières mises en branle de cet imaginaire ont échoué (cf. la lettre de Rouillan).

Une autre question est : peut-on envisager (préparer, faire) la révolution (ou une insurrection) à partir d'autre chose que de la littérature (aussi bien la littérature « scientifique » ou philosophique que la littérature tout court)? Les Brigadistes lisaient-ils Eugène Sue plutôt que Bakounine? Dumas plutôt que Gramsci? Anne et Serge Golon plutôt qu'Althusser? Pas si sûr. Comment se fait-il alors que la lecture de Bakounine, Lénine, Gramsci, Althusser leur ait fondu une tête à la Montecristo (selon Eco)? C'est que

Lénine était lui-même un peu Zorro, au début, et Althusser Montecristo (ne pas toujours tout mettre sur le compte du crétinisme supposé des sous-fifres).

Chez *ceux qui lisent* (i.e. en France, qui lisent autre chose que du roman-feuilleton), l'imaginaire révolutionnaire semble indissociable de l'imaginaire de la langue dans laquelle la Révolution s'est dite, celle de Voltaire et de Rousseau, dont les règles sont résumées dans le rappel à l'ordre stylistique qu'est le *Discours sur le style* de Buffon (discours de réception à l'Académie française prononcé en 1753). On en a une version noire et solaire dans les longs thrènes en voix *off* du *In Girum*, etc., de Guy Debord, par exemple*.

---

* La nécessité de la reprise du canon classique ne fait pas de doute pour Debord, qui tient au style, et à ce style. Les thèses 204 à 206 de *La Société du Spectacle* mettent les choses au point quant à la langue : *on ne touche pas à la syntaxe* (classique) ni au lexique (marxiste & Lumières); le « style insurrectionnel » tient à un jeu de chaises musicales (nommé « détournement »), qui consiste

On tient (ou au moins sous-entend, sinon on n'écrirait pas dans cette langue) qu'elle serait encore en phase et agissante en 2010, c'est-à-dire *une*. Je suppose que Voltaire était déjà admiré dans sa langue quand il vivait, mais pas de là à ce qu'elle ait le dessus sur ce qu'il disait, pas de là à ce qu'elle vienne faire écran, pas de là à ce qu'elle sépare, pas de là à ce que le premier spectacle qu'on (se) donne soit celui de sa propre langue.

Quand on relit aujourd'hui les tracts des années de plomb, on pointe le pataud, le dogmatique. Mais de quoi doit-on avoir le plus honte, de ces « lourdeurs » ou d'une langue qui sort à tous les coups « l'argenterie des grands jours tous les soirs de la semaine, l'occasion d'humilier quelque rastaquouère » (Guy Hocquenghem)? Et de ces deux langues, quelle est la plus disciplinée? Si la langue classique agit, c'est façon Pavlov, parce

---

à remplacer le sujet par le prédicat (« renverser le génitif » – Debord donne l'ex. célèbre du passage de *philosophie de la misère* à *misère de la philosophie*, pensant avoir trouvé le Graal).

qu'elle fait jouer une certaine mémoire, française. Elle fait partie de notre *sens commun culturel* (cf. *L'Objet de la critique littéraire*, R. Shusterman, éd. Questions théoriques, 2009), de notre décor.

Le fait qu'on se laisse prendre à des langues qui se donnent à elles-mêmes comme spectacle (que ce soit les classiques à effet pavlovien ou les artistes d'un virtuose stylistiquement repérable, les écrivains à *fonction poétique du langage*) est peut-être l'un des signes que *ceux qui lisent* n'attendent encore de la révolte ou d'une rupture politique qu'un spectacle, et non une libération. S'ils voulaient vraiment être plus libres, ils attendraient des livres d'autres langues, pas forcément plus inventives, mais au moins plus équivoques. Pour cela, il faudrait avoir des littératures un usage autre qu'exclusivement hédoniste et scolaire (sortir autrement d'un livre qu'avec les habituels *ah j'ai appris plein de trucs sur le ressenti des malades d'Alzheimer ou le génocide au Rwanda*, et *ah quel styliste, quelle saveur en bouche*, etc. – les deux étant parfaitement compatibles). Le rôle des littératures n'est pas de compenser la « baisse de niveau », qu'elle soit réelle ou fantasmée. Il n'est pas de rallier les derniers Mohicans repliés sous la lampe halogène tandis que passent les barbares (jeunes de banlieue, sarkozystes, bourgeoisie déculturée, classe moyenne acculturée, etc.).

Évidemment, il n'y eut pas que la langue classique qui parla la Révolution : il y eut le père Duchêne, il y eut Émile Pouget, dit *le père Peinard* – mais c'est moins joli; c'est de l'argot. Les banlieues aussi ont droit à la belle langue française.

Remerciements

Stéphane Bérard,

Alexandre Mouawad, pour sa relecture du texte,

Éric Hazan et Stella Magliani-Belkacem,

Jean-Paul Curnier, Pierre Alferi et Jacques-Henri Michot, qui ont bien voulu poursuivre la conversation,

Jean-Marie Gleize et Pierre Le Pillouër,

Bruno Chiambretto,

toutes les personnes et ami(e)s qui m'ont suggéré, à diverses périodes diversement échelonnées dans le temps, d'écrire sur : les lectures publiques, la situation politique, le travail et les relations entre écrivains, le jardinage, etc. – si *Tomates* est sur tout ça, qu'elles veuillent bien en accuser ma paresse (mais c'est promis : un jour, j'écrirai un livre *uniquement* sur les lectures publiques, suivi d'un autre *uniquement* sur la situation politique, et bien sûr d'un troisième uniquement *sur l'amour*).

Achevé d'imprimer sur Roto-Page
en septembre 2022
par l'Imprimerie Floch à Mayenne

N° d'éditeur : 2822
N° d'édition : 549930
N° d'imprimeur : 101141
Dépôt légal : octobre 2022

Imprimé en France